맛있는 이야기

맛있는 이야기

ご飯の島の美味しい話

飯島奈美

이이지마 나미

에 세 이

홍은주 옮김

비채

차례

바나나 튀김

처음 치앙마이에 간 것은 벌써 십 년 전쯤이다.

고바야시 사토미 씨가 주연한 영화 〈수영장〉을 촬영할 때다. TV 광고 촬영에 참여했던 인연으로 고바야시 씨의 영화 〈카모메 식당〉〈안경〉에서 요리를 담당한 이래 세 번째 작품. 태국에서 약 한 달간의 로케였다.

일본이 으슬으슬하게 추운 2월, 반팔 셔츠와 샌들 등을 끄집어내 한여름용 짐을 쌌다. 뭔가 믿기지 않는 기분이지만 조금 기쁘다. 따뜻한 치앙마이로 출발했다.

요리가 나오는 장면이 많지 않아서 빈 시간에 태국 요리 교실이며 푸드카빙 교실에 갈 기대에 부풀었다. 촬영 때 만드는 요리를 도와준 이는 치앙마이에 십 년째(당시) 사는 오카모토 씨. 태국의 노점 등 태국 요리 관련 서적을 여러 권 펴낸 작가이기도 하다. 그녀의 안내로 맛집과 노점을 순례하고, 치앙마이의 다채로운 맛과 만날 수 있어서 행복했다. 물론 놀러간 것이 아니니까 일은 제대로 해야 한다.

영화에서 처음 등장하는 요리(랄까 음식)는 바나나. 일본에서 온 주인공의 딸이 테이블에 놓인 바나나를 먹는 장면이다. 과일을 조달하러 시장에 갔다. 바나나 가게 청년은 편안히 드러누워 단잠에 빠져 있었다. 40도에 육박하는 불볕 더위니 무리도 아니다. 괜히 애쓰다가는 몸이 축나기 십상일 터다. 도쿄에서 광고 일을 할 때는 아오야마나 히로오 일대의 슈퍼마켓에서, 아름답고 질서 있게 늘어선 채소며 과일을 하나하나 집어 들고(미안합니다) 매의 눈으로 앞뒤를 뒤집어가며 살피고 확인하곤 한다. 반면 영화 속 식재료는 모양보다 그 장면에 맞느냐 아니냐가 중요하다. 때로는 숙성해서 검은 반점이 생긴 바나나를 골라야 하는 일도 있다. 이번에는 자연스러운 느낌이 필요해서 가탈 부리지 않고 웬만큼 먹음직스러운 걸로 착착 산다. 어차피 뙤약볕이 쏟아지는 야외 시장이라 여유 부릴 처지도 못 되거니와.

미술 담당이 준비한 바구니에 태국 과일을 담아 드디어 본격적인 등판이다. 그러고 보면 배우도 보통 일이 아니겠다 싶다. 바나나를 먹으면서 걷는 장면인데 앗! 벌써 일곱번째 컷이라고? 바나나를 그새 일곱 개나 먹었다는 말이네…… 굉장하다.

사흘 뒤 '바나나 튀김'이 나오는 장면의 촬영을 앞두고 있었다. 얇게 썬 바나나를 코코넛 간 것, 밀가루, 야자 설탕을 섞은 튀김옷을 입혀 튀겨낸 태국의 국민 간식이다. 도쿄에서 내 나름대로 연구해 실습도 마쳤지만 아직 완성형에는 도달하지 못한 상태였다. 마침 오카모토 씨 지인이 바나나 튀김 노점을 한다기에 견학을 가기로 했다. 짤막한 태국 바나나를 세로로 3등분해 튀김옷을 입혀 기름에 넣는다. 음? 온도가 좀 낮은 거 아닌가? 뒤늦게 주인아주머니도 알아차리고 얼른 불을 높인다. 뭔가 대충대충이라는 느낌도 없지 않다. 그러거나 말거나 아주머니는 수다를 떨기 시작해 가볍게 15분쯤 흘려보낸다. 설마…… 잊어버리신 건 아니겠죠? 17분에서 20분쯤 지났을 즈음 마침내 바나나가 먹음직한 황금색이 된다. 체에 신문지를 펼치고 노릇노릇한 바나나를 꺼낸다. 갓 튀긴 것을 하나 입으로 가져간다. 겉은 파삭, 속은 촉촉, 달콤하고 따끈해서 정말 맛있다! 천천히 튀기니까 식어도 파삭하구나. 말하자면 아주머니의 느긋함도 맛을 결정짓는 요인이었다.

　견학한 보람이 있어 실전에서는 파삭하게 잘 튀겨졌다. 태국 스태프도 '노점을 내도 되겠다'며 칭찬해주었다. 그러고 보면 〈카모메 식당〉의 시나몬 롤도 꽤 고전하다가 촬영 당일 처음으로 성공했다. 바나나 튀김도 부디 스크린 너머까지 맛이 전달되기를!

　〈카모메 식당〉〈안경〉〈수영장〉, 일상 속 평범한 날의 요

리를 소중히 하는 세 편의 영화와 만난 것은 푸드 스타일리
스트로서 더없는 행운이었음을 새삼 체감한 로케였다.

바나나 튀김

태국 바나나는 천천히 튀겨도 거의 날것에 가깝다. 일본에
서 똑같이 튀겨봤더니 걸쭉하게 녹아버리는 바나나도 있었
다. 그럴 때는 단시간에 튀기기를 권한다. 160-165°C에서
2분 30초-3분 튀긴다. 한 입 크기로 썬 고구마도 같은 요령
으로 튀기면 맛있다.

[재료] (4인분)

바나나 2-3개

박력분 1½큰술

쌀가루 3큰술

설탕 1½큰술

굵은 소금 ⅓작은술

베이킹파우더 ⅓작은술

흰깨 1작은술

건조 코코넛 50g

코코넛밀크 150ml

튀김 기름 적당량

온도계(상당히 중요)

만드는 법

1 볼에 박력분, 쌀가루, 설탕, 굵은 소금, 베이킹파우더,
   흰깨, 건조 코코넛, 코코넛밀크를 넣고 고무 주걱으로
   섞어 5분 놔둔다.

2 바나나를 길게 반으로 잘라, 다시 세로로 이등분한다.
   1의 볼에 넣고 손으로 섞어 조심스럽게 튀김옷을 입힌
   다. 저온(140-145°C)의 기름에 약 10분 튀겨 색깔이 진
   해지기 시작하면 센불로 해 온도를 높인다(160°C). 노릇
   노릇해지면 망과 키친타월을 깐 밧드에 꺼낸다.

※   고구마 튀길 때도 같은 요령.
     바나나는 살이 단단한 것(에콰도르산 등)이 좋다.

태국풍 닭고기 전골, 태국풍 지라시즈시, 그린파파야 샐러드

혹시 날마다 메뉴 때문에 고민하시나요? 저는 솔직히 늘 고민이랍니다.

내가 주로 일하는 TV 광고는 15초 이내에 최대한 많은 정보와 이미지를 전달해야 한다. 식품 광고가 아닌 한 요리는 거의 소도구처럼 취급되어서 불과 1초, 0.5초쯤 비치고 끝날 때도 있다. 하지만 여기가 솜씨를 발휘할 대목이다. 포인트는 한눈에 '와! 맛있겠다!' 소리가 나오게 '알기 쉬운' 정석 요리를 고르는 일이다. 이를테면 니쿠자가_{고기, 감자, 양파 등을 볶아 달게 조린 대표적인 일본 가정식}의 하나에 고기 말고 베이컨이나 다진 고기를 넣으면 뭐가 뭔지 모르게 된다. '저거 혹시 감자랑 다진 고기? 니쿠자가 비슷한 건가 봐? 흠, 맛있을지도 모르겠네!'가 되어버리면 15초 승부로는 어림없다.

영화의 경우는 조금 더 여유가 있고, 대형 스크린인 만큼 다소 변화를 줄 수 있다.

〈수영장〉을 찍기 전 요론지마_{가고시마 현 최남단 섬}에서 촬영

한 〈안경〉이라는 영화에 바비큐 장면이 있었다. 바비큐의 정석을 말하자면 고기, 소시지, 파프리카, 옥수수, 단호박 등이다. 영화에서는 어른들을 위한 차분한 봄날의 바비큐로 이미지를 잡았다. 고기, 껍질 달린 죽순, 두툼하고 연한 아스파라거스, 꼬투리 누에콩, 햇양파, 그 밖에 연근, 표고버섯을 그릴에서 천천히 굽기로 했다. 갑자기 찾아온 소중한 사람에게 대접하는 지라시즈시_{생선, 달걀, 양념한 채소 등을 얹거나 흩뿌린 초밥}는 마침 부엌에 있던 식재료를 살려 만든다는 설정이다. 건어물과 채소, 계란만 쓰고 새우나 연어알은 장식하지 않았다.

〈수영장〉 때도 메뉴 선정에 시행착오를 겪었다. '태국풍 닭고기 전골'도 그 가운데 하나다. 대본에는 '전골'이라고만 되어 있었다. 한마디로 전골이라 해도 종류가 무궁무진하다. 큰 얼개를 설정하고 차차 범위를 좁혀 나갔다. 태국에서 일하는 상냥한 일본 남자 이치오가 여자 사람 친구 둘을 위해 만드는 전골. 더운 나라에서도 부담 없이 먹히면서 조금 보양이 되는 전골이 좋을 것 같았다. 태국 닭고기는 맛도 훌륭하고 인기 있는 식재료다. 뼈째 쓰면 국물도 우러나서 일석이조다. 강단 있고 속 깊은 남자가 만드는, 너무 멋내지 않은 전골…… 이런 이미지를 기본으로 해 생각을 부풀렸다. 이치오 씨를 (멋대로) 하카타 출신으로 설정하고, 닭고기 미즈

다키껍질과 뼈가 붙은 닭고기로 국물을 우려 끓이는 하카타 명물 요리풍으로 만들기로 했다. 그러자 아이디어가 퐁퐁 샘솟는다. 콜라겐이 풍부한 국물은 햇볕에 그을린 피부에도 좋다. 남쁠라 태국 요리의 기본이 되는 어간장로 간을 맞춘 고기 완자가 국물에 감칠맛을 더한다. 레몬그라스 향도 상큼해서 여성들이 좋아할 맛이다. 채소는 공심채, 숙주, 방울토마토, 버섯, 그리고 태국 두부로 만든 튀긴 두부. 고명은 송송 썬 실파와 태국 라임. 남자답고 사려 깊은 일본 출신, 태국 거주 남성이 만드는 전골이 완성됐다. 내가 만들었지만 제법 맛있게 됐다고 할까.

일본에서 온 딸을 위해 엄마가 만드는 메뉴는 스태프와 의논해 결정했다. 지라시즈시를 중심으로 그린파파야 샐러드, 게살 카레 볶음, 탕수육. 호기심 왕성한 엄마답게 일본, 태국, 중화요리를 망라한다. 그러면서도 밥, 채소, 어패류, 고기를 골고루 배치해 균형을 고려했다. 태국에서 만드는 지라시즈시는 술을 넣고 찐 닭 가슴살을 찢어 폭신폭신하게. 계란 지단도 가늘게 채 썰어 폭신폭신하게. 자색양파를 얇게 썰어 단 식초에 담가 산뜻한 핑크색으로. 생강초절이 대신이다. 초밥은 태국 라임을 넣어 만든다. 체에 바나나 잎을 깔고 초밥, 닭고기, 계란, 자색양파를 화사하게 담아 새우, 장식 썰기를 한 붉은 고추, 슈거스냅 완두콩, 고수를 흩뿌렸다. 첫날 태국 호텔 방에 놓여 있던 웰컴 과일 바구니처럼 눈이 환해지는 지라시즈시가 완성됐다.

매일 먹는 메뉴에도 계절과 날씨, 그때그때의 상황을 투영해보면 어떨까요. 조합 가능한 식재료에 변화가 생겨 어딘가 색다른 요리가 태어난답니다.

태국풍 닭고기 전골

영화 〈수영장〉에서 태국에 사는 일본 남자 이치오가 만드는 전골이다. 기본 이미지는 터프한 전골이다. 뼈 붙은 닭고기를 크게 토막 내어 끓여 태국 채소를 넣었다. 처음에는 국물을 그대로 먹다가 도중부터 레몬그라스를 추가하면 풍미가 상큼해져서 두 가지 맛을 즐길 수 있다.

재료 (4인분)

뼈 붙은 닭고기 토막 친 것 800g

닭 날개 200g

다시마 10cm 1장

굵은 소금 약 2작은술

술 2큰술

A   다진 고기(닭다리) 300g

굵은 소금 $1/3$작은술

남쁠라 $1/2$큰술

후추 약간

B   달걀 1개

빵가루 20g

박력분 1/2큰술

튀긴 두부(기름 제거한 것) 1장

버섯류 좋아하는 만큼

방울토마토 8개

그 밖에 좋아하는 채소(공심채, 숙주 등)

레몬그라스 2-3뿌리

고명(고수, 실파, 유즈코쇼유자 껍질, 고추를 갈아 소금을 첨가한 조
미료, 후추, 영귤)

만드는 법

1   물을 듬뿍 끓여 닭고기를 넣고 표면이 하얘지면 건진
다. 찬물에 담가 오물과 피를 씻어내고 물기를 뺀다.

2   물 2000cc에 다시마를 30분 담가둔 냄비에 1을 넣어 중
불에 올린다. 끓기 직전 다시마를 꺼내고, 기름을 걷어
내면서 보글보글 약 50분 끓인다. 맛을 봐가면서 굵은
소금 1-11/2작은술을 넣어 삼삼하게 간을 맞춘다.

3   고기 완자를 만든다. A를 합쳐 치대어 B를 섞고 더 치
댄다.

4 좋아하는 각종 채소, 튀긴 두부, 버섯을 먹기 좋은 크기
   로 썬다.

5 냄비를 불에 올려 끓으면 술을 넣고, 싱거우면 남은 소
   금으로 간을 맞추어 튀긴 두부, 3의 고기 완자 재료를
   둥글게 빚어 넣는다. 완자가 떠오르면 방울토마토 등
   다른 식재료도 넣어 다 익으면 완성.

6 고수와 다진 실파 섞은 것, 유즈코쇼, 후추, 영귤 등 고
   명을 곁들인다. 도중에 레몬그라스를 넣으면 새로운 맛
   을 즐길 수 있다.

※ 개운한 국물을 먹고 싶으면 고기 완자를 끓는 물에 살짝 데쳐도 좋다.

태국풍 지라시즈시

밥에 넣는 재료는, 소금을 뿌려 가볍게 조물조물해 물기를
제거한 오이, 흰깨만으로 충분하다. 먹고 남은 톳조림이나
무말랭이를 섞어도 좋다.

재료 (4-5인분)

쌀 3컵(술 2큰술과 5cm 크기 다시마 1장을 넣어 고들고들하게
    짓는다)

혼합 식초   식초+감귤류 70cc

             설탕 3큰술

굵은 소금 2작은술

밥 재료   오이 1개(얄팍썰기)

당근 1/2개(십자썰기)

베이비콘 5개(통썰기)

말린 표고버섯 5장(물에 불려 얇게 썬다)

닭 가슴살 1장

남쁠라 1작은술

달걀 3개

자색양파 1개

흰깨 1큰술

기름 적당량

A   말린 표고버섯 불린 물 150cc

설탕 1/2큰술

간장 1/2큰술

B   물 600cc

술 2큰술

굵은 소금 1작은술

C   설탕 2작은술

굵은 소금 1/3작은술

물에 녹인 녹말가루 조금

D   식초 8큰술

물, 설탕 각 4큰술

굵은 소금 1작은술

그 밖에 소금을 넣어 데친 새우, 슈거스냅 완두콩, 붉은
고추, 고수 등

만드는 법

1   쌀을 씻어 20분 물에 담갔다 체에 건져, 술과 다시마를
    넣고 고들고들하게 짓는다.

2   오이는 소금을 뿌려 가볍게 조물조물해 물기를 빼고,
    당근과 베이비콘은 소금물에 데친다. 말린 표고버섯은
    A와 함께 작은 냄비에 넣어 물이 없어질 때까지 조린다.

3   닭 가슴살과 B를 냄비에 넣고 약 10분 삶아 그대로 둔
    다. 한 김 식으면 가늘게 찢어 남쁠라로 무친다.

4   달걀을 풀어 C를 넣어 섞고, 식용유를 살짝 두른 프라
    이팬에서 얇은 지단을 만들어 가늘게 썬다.

5   자색양파를 얇게 썰어 D에 담근다.

6   다 지은 밥을 납작한 나무 밥통이나 커다란 볼에 옮긴
    다. 혼합 식초를 뿌려 부채로 부치면서 전체를 주걱으
    로 가르듯 섞어 한 김 식힌다.

7   6에 2와 흰깨를 섞어 그릇에 담고 3, 4, 5를 흩뿌리듯 풍
    성하게 담아 새우, 슈거스냅 완두콩, 붉은 고추, 고수 등

을 뿌린다.

그린파파야 샐러드

태국에서는 야자 설탕으로 단맛을 내지만, 이번에는 자연스러운 단맛이 나는 꿀로 대용했다. 강낭콩은 날것을 싫어하면 데쳐도 된다. 자몽이나 배, 파인애플 등 과일을 사용해도 좋다. 풋고추가 없으면 이치미말린 고추를 분말로 만든 조미료로 대용한다. 그린파파야 대신 무를 써도 좋다.

재료 (4인분)

그린파파야 160g

당근 40g

다진 마늘 1/3작은술

풋고추 1-2개(송송 썬다)

강낭콩 4개(5cm로 썬다)

말린 벚꽃새우 2큰술

방울토마토 5개(반으로 썬다)

땅콩 3큰술(빻는다)

A   남쁠라 1큰술

    꿀 1큰술(혹은 그래뉴당 1큰술)

    레몬즙 1큰술

고수, 민트 취향에 따라

만드는 법

1   양념절구에 마늘과 풋고추를 빻는다. 강낭콩을 넣어 절
    굿공이로 부수고, A와 말린 벚꽃새우를 찧어 넣는다.

2   1에 곱게 채 썬 파파야와 당근을 넣고 두드리듯 섞어
    전체에 맛이 배게 한다.

3   방울토마토, 땅콩 2큰술을 넣어 잘 섞어 접시에 담고,
    남은 땅콩을 뿌린다. 취향에 따라 고수나 민트를 뿌려
    도 좋다.

태국풍 소면과 미얀마 샐러드

 광고 일로 푸드 스타일리스트가 해외에 따라가는 경우가 실은 거의 없다. 제작회사에서 건네준 광고 콘티를 보면 해외 로케가 분명한데, 요리 장면만 도내 스튜디오에서 따로 촬영하는 경우가 대부분이다. 아쉽다고 할까 김샌다고 할까…….

 그래도 태국 방콕에는 여러 기업의 광고 작업으로 네 번이나 갔다. 태국에서 인물과 풍경을 찍고 도쿄에서 요리를 촬영하자고 스태프를 재차 소집하느니, 처음부터 나 한 사람 데려가는 편이 제작비가 싸게 먹히는 눈치였다. 태국 스튜디오에서 요리 촬영. '해외다! 신난다!' 들뜬 것이 무색하게 결국 호텔과 스튜디오만 왕복해서 '뭐야, 도쿄에서 일하는 거랑 다를 게 없잖아!' 했던 일도 있다.

 수도 방콕은 대도시답게 맛집도 많고 재미도 다양하지만 자동차와 오토바이 천국이기도 하다.

 영화 〈수영장〉 촬영 때 처음 방문한 치앙마이는 전혀 달랐다. 즐길 만한 가게와 거리도 많으면서 무엇보다 하늘이 탁 트이고 꽃과 신록이 풍부했다. 차로 조금만 달리면 소를 방목하는 풍경을 볼 수 있는 평화로운 장소였다.

뭐니 뭐니 해도 시장! 거리거리에 크고 작은 시장이 있었다. 말린 새우며 생선 비린내에 어질어질해지면서 난생처음 보는 채소나 음식이 알록달록 늘어선 가게들 사이를 누비는 즐거움이란. 부엌 달린 호텔에 묵은 덕에 궁금한 식재료에 도전도 해보고, 맛있게 사 먹었던 음식을 내 손으로 만들어 보기도 했다.

영화가 크랭크인하면 감독, 카메라, 조명, 스타일리스트, 메이크업 담당 등 거의 전원이 매일 일한다. 나는 요리가 나오지 않는 날은 기본적으로 휴일이다. 그런 날은 코디네이터 오카모토 씨와 맛집 순례를 나선다. 머무는 동안 맛있게 먹은 요리가 많았다. 새우 머리 내장을 넣어 비빈 밥 '카우크룩카피', 코코넛밀크가 들어간 커리 국수 '카오소이', 닭 육수로 지은 밥에 삶은 닭고기를 올린 '카우만까이' 등 손꼽자면 한이 없지만, 특히 기억에 남는 요리 두 가지를 소개한다.

하나는 태국 소면 '카놈찐'이다. 쌀 반죽을 틀에 넣어 가느다란 구멍으로 우무 만들듯이 밀어내며 끓는 물에 넣으면 곧바로 둥실 떠오른다. 그것을 건져 찬물에 넣고 한 입 크기로 돌돌 말면 소면 준비는 끝난다. 오카모토 씨가 2인분을 주문했다. 끼얹어 먹는 장국 세 종류와 소쿠리에 가득 담은 채소, 삶은 달걀, 돼지고기 껍질 튀김이 테이블에 늘어선다. 돌돌 말린 소면을 접시에 한 덩어리 덜어 잘게 썬 양배추, 숙주, 송송 썬 바나나 꽃봉오리, 허브 등을 듬뿍 올리고, 원하는 장국을 끼얹어 먹는다. 삶은 달걀도 조금씩 허물어 뜨리며 섞으면 노른자의 마법으로 매콤한 장국 맛이 확 부드러워진다. 거기에 돼지고기 껍질을 손으로 부수어 넣으면 기름의 감칠맛, 파삭파삭한 식감과 고소함이 더해져 일품이다. 태국 요리 특유의 강렬한 펀치와 즐거운 식감. 정신을 차려보니 소면 한 덩어리당 밥 한 공기쯤 되는 채소를 먹고 있지 뭔가. 처음 한 입 크기 소면 열 덩어리가 올라간 접시를 보고는 '에계? 나 혼자 세 접시는 먹어야겠는데?' 하고 내심 불만이었는데…… 네 덩어리째 접시에 덜었을 무렵에는 이미 흐뭇한 포만감을 느꼈다. 풍부한 채소와 함께 탄수화물과 단백질을 고루 섭취할 수 있는 태국 소면. 탄수화물에 치우치기 쉬운 일본 소면도 이런 식으로 먹으면 좋을 것 같다.

또 하나는 일본에 돌아와서도 가끔 만들면 호평을 받는 '미얀마 샐러드'다. 내가 묵었던 호텔 옆에 미얀마 요리 전문점이 있었다. 페니워트라는 수초 샐러드를 처음 먹어보고 너무 감동해서 바로 한 그릇 더 주문했을 정도다. 쉽게 말하면 시금치 깨무침 같은 익숙한 맛이다. 만드는 법을 물어 열

심히 받아 적었다. 다른 요리도 궁금해져서 미얀마도 가보
고 싶어졌다.

그린 커리 소면(태국풍)

[재료] (4인분)

    소면 3다발

    말린 전갱이 1장

    그린 커리 페이스트 1봉지(50g)

    코코넛밀크 200cc

    마늘 $1/2$톨

    생강 1톨

    에샬롯 1개(없으면 양파 $1/4$개)

    남쁠라 1큰술

    식용유 1큰술

    물 400cc

[토핑]

    좋아하는 채소(양배추, 민트, 고수, 물에 담갔다 건진 여주, 양
하, 차조기 잎, 당근 등) 적당량

    땅콩 5큰술

    삶은 달걀 4개

만드는 법

1 마늘, 에샬롯, 생강은 얇게 썬다. 전갱이는 구워 껍질을 벗기고 살만 발라둔다.

2 1을 냄비에 넣고 물을 넣어 불에 올린다. 끓으면 약불에 2-3분 익힌 다음 불을 끄고 한 김 식힌다. 믹서에 갈아 페이스트 상태로 만든다.

3 냄비에 기름을 두르고 커리 페이스트를 약불로 2-3분 볶는다. 코코넛밀크와 2를 넣어 한소끔 끓여 남쁠라로 간을 맞추고 불을 끈다.

4 토핑용 채소를 먹기 좋게 썰고, 땅콩은 굵게 빻는다. 삶은 소면을 접시에 담아 채소와 3의 소스를 뿌리고 땅콩을 흩뿌린다. 삶은 달걀을 조금씩 허물어뜨려 섞어가며 먹는다.

※ **코코넛밀크 200cc 대신 물 100cc도 괜찮다. 맛이 깔끔해서 이쪽도 추천합니다.**

미얀마 샐러드

[재료] (4인분)

크레송 100

토마토 1개

에샬롯 1개(혹은 양파 1/6개)

땅콩(빻은 것) 4큰술

식용유 1큰술

굵은 소금 한 꼬집

설탕 약 1작은술

남쁠라 1/2큰술

레몬즙, 식초 취향에 따라

만드는 법

1   크레송은 4cm 길이로 썬다. 토마토는 한 입 크기 반달
    모양으로 썬다. 에샬롯은 얇게 썬다.

2   볼에 크레송, 에샬롯, 기름을 넣고 섞어 토마토, 굵은 소
    금, 설탕, 남쁠라를 넣어 가볍게 섞는다. 마지막에 땅콩
    을 넣어 살짝 버무린다. 취향에 따라 레몬즙이나 식초
    를 조금 넣어도 좋다.

〈심야식당〉의 돈지루와 따뜻한 채소(두부 마요네즈를 곁들여)

처음 연속 TV 드라마에 참여한 것은 2009년 〈심야식당〉이었다.

원작은 나의 오랜 애독 만화이기도 하다. 영화 〈도쿄타워 - 엄마와 나, 때때로 아버지〉에서 호흡을 맞췄던 마쓰오카 조지 감독의 의뢰로 참여하게 됐다. 드라마 현장이지만 감각적으로는 영화 현장에 가까웠다.

드라마는 전 10회. 마쓰오카 감독 외에 세 명의 감독이 연출했다. 그 가운데 야마시타 노부히로 감독도 이름을 올렸다. 이전에 〈마을에 부는 산들바람〉이라는 영화를 재미있게 봤던지라 기쁘기도 했고 약간 '성덕'한 기분도 들었다.

촬영에 들어가기 전 스태프와 미팅을 거듭해 주인공인 마스터 역의 고바야시 가오루 씨에게 요리 지도를 했다. 과연 괜히 배우가 아니다. 중요한 포인트를 단번에 파악해 마스터다운 자세며 칼 다루기가 그럴싸해진다. 멋있다.

심야 드라마는 예산이 풍족하지 않아 아이디어와 절약이

요구된다. 식기는 내가 지금껏 열심히 모은, 예전에 밥집이나 선술집 설정으로 촬영할 때 썼던 접시, 공기, 덮밥용 그릇을 창고에서 끄집어내 활용했다. 이런 날이 오니까 몇 년에 한 번 쓸까 말까 하는 식기도 선뜻 처분하지 못한다.

촬영 장소는 가와사키에 있는 회사의 옛 연수장에 만든 세트. '오염 연출'도 완벽하다. 오염 연출이란 (설정에 따라) 마치 몇 년 혹은 몇십 년쯤 그 자리에서 세월의 때가 묻은 것처럼 세트를 적당히 더럽히는 일이다. 카운터, 부엌, 텔레비전, 에어컨 실외기, 계단과 바닥에 이르기까지 불과 이 주일 만에 만들었다고는 상상할 수 없는, 감탄이 절로 나오는 완성도다.

그야말로 신주쿠 골든가도쿄 신주쿠 구청 부근, 1950년대 모습을 재현한 술집들이 밀집한 골목 한구석에 있을 법한, 만화 이미지에 꼭 맞는 식당이 탄생했다. 우리도 작업장으로 쓰기 위해 아마 사무실이었지 싶은 방을 하나 확보했다. 냉장고와 회의용 테이블을 들여놓고, 사무용 책상에 비닐 식탁보를 덮고, 서류 선반에 식기와 조리도구를 늘어놓자 부엌이 완성됐다.

식당 메뉴는 돈지루돼지고기와 채소를 넣어 끓인 된장국 정식뿐이고, 매번 손님이 해달라는 요리를 주인장인 마스터가 만들어준다는 설정이다. 문어 모양을 낸 비엔나소시지, 네코맘마된장국 등을 간단히 끼얹거나 가쓰오부시를 뿌린 밥. 고양이(네코) 밥 같다고 해서 붙은 이름, 감자 샐러드, 달걀 샌드위치, 오차즈케_{간단한 재료}를 얹은 밥에 차를 부어 먹는 요리 등등. 식당을 찾은 손님이 마침 당기는 음식이나 최애 요리를 먹고 잠시 행복해지거나 기력을 되찾는다는, 근사한 에피소드가 많다.

뒷이야기 하나. 촬영 때는 온종일 같은 요리만 먹는 장면이 계속되기도 한다.

이를테면 버터라이스 편. 여기서 말하는 버터라이스는 따끈한 밥에 버터를 얹어 적당히 녹을 즈음 간장을 뿌려 먹는 요리다. 가볍게 한 그릇 먹으면 꿀맛이지만 계속 먹기에는 버터가 느글거려 위장이 묵직해진다. 궁리 끝에 간장에 술을 넣어 살짝 끓여 갓 깎은 가쓰오부시_{손질한 가다랑어를 삶아 훈연해 곰팡이를 피워 만든 것. 대패로 얇게 깎아 주로 맛국물을 내는 데 쓴다}를 담갔다 걸러 '가쓰오부시 간장'을 만들었다. 세트의 카운터에 놓인 간장을 이것과 바꿔치기해 조금이라도 물리지 않고 먹을 수 있게 했다.

촬영 현장에서 정신없이 요리를 완성해나가는 와중에 찡해지는 일도 있었다. 단순히 피와 살이 되는 것, 맛만 좋은 것이 요리는 아니구나, 때로 맛과 냄새로 누군가의 기억과 추억을 불러오는 것이 요리로구나 하고 새삼 느꼈다. 그러고 보니 요리란 참 좋은 것이네요.

원작자 아베 야로 씨도 현장을 방문해 돈가스덮밥을 맛보고 좋아하셨다. 만화책에서 이 장면을 읽을 땐 상상도 못 했던 일이다.

그런데 이 드라마, 칭찬 못지않게 항의도 더러 받았다. 심야식당인 만큼 방영 시간대가 심야인지라 '한밤중에 배가 고파져서 아주 곤란하다'는 원망 아닌 원망을 심심찮게 들었다.

이번에는 심야식당의 대표 메뉴 돈지루와 몸에 좋은 채소 요리를 소개한다.

심야식당 돈지루

돈지루는 많이 만들어 다음 날 먹어도 또 맛있다. 김치나 굴을 넣어 우동을 삶아도 별미다.

재료 (4-5인분)

얇게 썬 돼지고기 200g(폭 3cm)

A 무 4cm(십자썰기)

당근 1/2개(십자썰기)

표고버섯 2개(슬라이스)

우엉 1/4개(조릿대잎 모양으로 얇게 깎기)

곤약 1/3장(찢어서 데친다)

유부 1장(기름을 빼서 채 썬다)

대파 2/3대(절반은 폭 5mm로, 절반은 송송 썬다)

토란 2개(껍질을 벗겨 한 입 크기로 썬다)

두부 1/2모(물기를 뺀다)

참기름 1큰술

술 2큰술

맛국물(가쓰오부시와 다시마를 우린 국물) 1200cc

된장 4-5큰술(센다이 된장과 신슈 된장을 합친다)

미림 1/2작은술

간장 1/2작은술

만드는 법

1 달군 냄비에 참기름을 두르고 돼지고기를 볶는다. 색이
   변하면 A를 넣어 더 볶다가 술을 넣고 뚜껑을 덮어 약
   한 불에 4-5분 가열한다.

2 맛국물, 유부, 된장 절반을 넣고 15분 끓인다.

3 대파(폭 5mm), 토란, 두부(숟가락으로 떠서)를 넣어 약
   15분 끓인다. 마지막으로 남은 된장, 미림, 간장으로 간
   을 맞추어 그릇에 덜고 송송 썬 대파를 올린다.

따뜻한 채소(두부 마요네즈를 곁들여)

채소는 배추, 베이비콘, 무, 컬리플라워 등 뭐든 좋다. 씹는 맛이 약간 느껴지게 데친다. 두부 마요네즈에는 안초비나 참치를 넣어도 색다르다.

재료 (4인분)

좋아하는 채소 약 700g

연근 1/2개

고구마 1개

우엉 1/3개

당근 1개

순무 2개

브로콜리 1/2덩어리

A   맛국물 800cc

굵은 소금 2작은술

B   연두부 1/2모(물기를 뺀다)

마요네즈 2-3큰술

굵은 소금 1/3작은술

올리브오일 적당량

검은 후추 적당량

만드는 법

1   연근은 껍질을 벗겨 1cm 두께로, 고구마는 껍질째 1cm
    두께로 썬다. 우엉, 당근도 껍질째 먹기 좋은 크기로, 순
    무는 잎을 떼고 6등분으로 자른다. 브로콜리는 작게 떼
    어둔다.

2   냄비에 A를 끓여 단단한 재료부터 차례로 넣는다. 우
    엉을 넣고 5분 끓인 다음 연근, 당근, 고구마 순서로 넣
    어 3-4분 더 끓인다. 순무를 넣고 1-2분 지나면 브로
    콜리를 넣고 불을 끈다. 한동안 그대로 두어 맛이 배게
    한다.

3   볼에 B를 넣고 고무주걱으로 부드럽게 눌러가며 섞어
    그릇에 담는다. 올리브오일을 뿌리고 검은 후추를 거칠
    게 갈아 넣는다.

4   물기를 가볍게 뺀 채소를 접시에 담는다. 3의 두부 마
    요네즈를 찍어 먹는다.

토마토 카르보나라와 민트 쇼콜라

'그 잡지의 한 페이지를 펼쳐보지 않았더라면 지금쯤 뭘 하고 있을까.'

좋은 일, 좋은 사람을 만날 때마다 처음 푸드 스타일리스트의 꿈을 품었던 무렵이 떠오른다.

〈오렌지 페이지〉라는 잡지에서 '푸드 코디네이터'라는 직업이 있다는 사실을 알았다. 이런 먹음직스러운 페이지에 나도 참여하고 싶다는 마음 하나로 무작정 푸드 코디네이터가 되기로 결심했다. 운 좋게 어시스턴트 자리를 얻은 것이 스물한 살 때. TV 광고나 지면 광고, 슈퍼마켓 전단지 등의 촬영 때 그릇을 생각하고, 요리를 제안하고, 완성작을 예쁘게 담아 카메라 앞에 세팅하는 일 전반을 보조하는 업무였다. 선생님이 코디네이트하는 식기에 감탄도 하고, 요리를 아름답게 담는 방법도 배웠다. 난생처음 체험하는 일들의 홍수 속에서 즐겁기도 했지만, 실수를 저질러 꾸지람을 듣고 침울해하기 일쑤였다. 아무튼 무아지경의 나날이었다.

특히 놀란 것이 촬영 현장에서 목격한 금시초문의 전문직 군단의 존재였다.

일명 '김 내기 전문'은 보일러를 개량해 손수 제작한 기구를 써서 요리에 김이 모락모락 올라가게 해준다. '시즐 전문'은 맥주나 위스키 같은 음료수에 물방울, 거품, 얼음 등을 써서 시청각을 자극하는 먹음직스러움을 연출한다. '효과 전문'도 있다. 이를테면 정해진 지점에 정해진 타이밍에 정확히 달걀을 떨어뜨리기 위해 세계에 하나뿐인 장치나 시스템을 만들어낸다.

그들의 활약을 보면서 내가 하는 일도 전문성이 요구된다는 의식이 싹텄다. 많은 스태프와 클라이언트가 기대하고 지켜보는 가운데 우연히 맛있는 결과를 노리는 게 아니라, 성공 확률을 높이기 위해 식재료, 도구의 성질, 작용과 현상, 원리를 연구하게 되었다.

선생님이 담당했던 이타미 주조 감독의 영화 촬영 현장을 도왔던 것은 큰 경험이 되었다. 엑스트라 연기자가 대거 출연하는 중화요리점 장면에서는 테이블 관리도 겸해 종업원으로 출연했지 뭔가. 이타미 감독이 의도하는 이미지를 구현하기 위해 전 스태프가 성심성의껏, 전력을 다한다는 걸 체감한 현장이었다.

스물여덟 살 때 어시스턴트 생활을 졸업하고 독립했다.

스스로의 힘을 시험해보고 싶어서 결심은 했지만 사실 불안도 컸다. 일이 영 없으면 깨끗이 접고 전부터 눈여겨봤던 노점 커피집을 시작하자고 내심 각오했다. 차츰 일이 들어와서 안도한 것도 잠시, 무슨 영문인지 스케줄이 몰릴 때만 집중적으로 몰려 낙담도 많이 했다. 어느 순간, 이러면 안 된다는 생각이 들었다. '이 일을 받을 수 없는 데는 이유가 있겠지. 지금 거절해도 분명 언젠가, 최선을 다할 수 있는 최적의 타이밍에 또 의뢰가 들어올 거야. 그때 열심히 하면 돼!' 그렇게 마음먹자 실제로도 일이 잘 풀리는 듯 흘러가서 더한층 긍정적인 자세를 갖게 되었다.

지금 생각하면 특히 고마운 전기가 되어준 일이 빵 TV 광고였다. 고바야시 사토미 씨와 함께 했던 그 일을 계기로 〈카모메 식당〉과 〈안경〉에도 참여했다. 두 영화를 통해 많은 만남이 있었는데 그건 다음 기회에 이야기하기로 하자.

이번에 소개하는 요리는 '토마토 카르보나라'와 '민트 쇼콜라'다. 독립 후 얼마 되지 않아 소책자의 요리 페이지를 담당할 때 고안한 메뉴다. 당시는 민트 쇼콜라에 바닐라 아이스크림을 얹어 이탈리아 디저트 '카페 아포가토'풍으로 만들었다. 이번에는 따뜻한 음료로 바꿔보았다. 토마토 카르보나라는 당시는 생크림을 넣어 만들었다. 나는 토마토소스를 무척 좋아하는데, 느끼한 카르보나라를 물리지 않고 먹을 수 있게 방울토마토를 넣어 개운한 맛을 냈다. 이전 이탈리아 여행 때 먹었던 카르보나라가 일본의 계란덮밥처럼 무척 심플한 맛이었다. 크림이 없어도 맛있다.

토마토 카르보나라

베이컨 대신 붉은 고추를 1-2개 넣으면 매콤한 카르보나라가 된다. 대신 검은 후추는 조금만 넣을 것.

[재료] (2인분)

스파게티 160g

방울토마토 8-10개

베이컨 50g

마늘 1/2톨

올리브오일 1큰술

A   달걀 2개

달걀노른자 1개분

생크림 2큰술(없어도 OK)

파르메산 치즈 3-4큰술

거칠게 간 검은 후추 약간

굵은 소금 적당량

거칠게 간 검은 후추 취향에 따라

만드는 법

1 방울토마토는 꼭지를 따 세로로 한 번 썬다. 베이컨은 1cm 폭으로 썬다. 마늘은 슬라이스한다. A를 섞어둔다.

2 프라이팬에 올리브오일과 마늘을 넣어 약한 불에 올린다. 향이 퍼지고 마늘이 노릇해지면 베이컨을 넣어 볶는다.

3 물 1000cc, 굵은 소금 10g을 넣고 스파게티를 삶는다.

4 2의 프라이팬에 방울토마토를 넣어 중불로 2-3분 볶는다. 3의 끓인 면수 2큰술을 추가해 전체가 잘 섞이면 불을 끈다.

5 스파게티가 익으면 물기를 빼 4에 넣어 전체를 섞는다. A를 넣고 간을 봐서 싱거우면 굵은 소금이나 치즈(분량 외)로 맞춘다. 소스가 묽으면 걸쭉해질 때까지 약한 불에서 가열한다. 그릇에 담아 취향에 따라 검은 후추를 뿌린다.

민트 쇼콜라

신선한 민트가 상쾌한 풍미를 더해준다. 민트 대신 마지막에 생강즙을 넣어도 의외로 맛있다.

재료 (2인분)

우유 300cc

초콜릿 60g

코코아 파우더 1큰술

그래뉴당 1/2큰술

민트 가볍게 한 꼬집(장식용으로 조금 남겨둔다)

생크림 적당량

만드는 법

1   초콜릿을 빻아둔다.

2   냄비에 우유, 민트, 그래뉴당을 넣고 중불로 데운다. 끓기 직전 불을 줄이고 민트를 꺼낸다.

3   2에 초콜릿과 코코아 파우더를 넣고 거품기로 잘 섞어다 녹으면 불을 끈다.

4   컵에 따르고 휘핑한 생크림과 민트로 장식한다.

그린 커리 소면(태국풍)
pp. 25-26

미얀마 샐러드
pp. 26-27

토마토 카르보나라
pp. 38-39

파와 유부를 넣은 걸쭉한 우동

pp. 65-66

태국풍 꼬치구이와 찰밥, 당근 크레이프

영화 〈카모메 식당〉과 〈안경〉에 참여함으로써 내 일에도 변화가 일어났다. 〈카모메 식당〉 개봉에 맞춰 홍보를 겸해 팝업 식당을 낼지도 모른다는 말에, 마침 나도 음식점에 흥미가 있었고 뭐라도 보탬이 되고 싶다는 가벼운 마음으로 레스토랑 학교 '스쿨링 패드'에 등록했다. 주말을 이용해 석 달 다니면서 음식점으로 성공한 많은 강사들의 이야기를 들을 수 있었다.

요식업에 흥미를 품은 동료들도 생겼다. 그 가운데 노점을 해보고 싶다는 친구 몇 명과 중고 푸드트럭을 구입했다. 다들 음식과는 별도의 일에 종사하지만 지금도 때때로 모여 노점을 내거나 한다. 우리 손으로 만든 요리를 돈을 내고 맛있게 먹어주는 사람들이 있다는 것이 얼마나 고맙고 기쁜지. 다만 노점은 장소 확보가 어려워서 대개 이벤트 때만 출점한다. 사실은 여름이면 '오늘 같은 더위엔 바다로 가서 빙수를 팔아야지!', 겨울에는 '따뜻한 수프가 당기는 날씨인걸,

빌딩가로 출동!' 같은 스타일이 가능하면 제일 좋겠지만.

두 편의 영화에 나오는, 매일 식탁에 오르는 평범한 가정식을 '맛있겠다!'고 말해주는 사람들이 의외로 많았다. 책이나 잡지의 요리 페이지에서도 원고 의뢰가 들어왔다.

기본적인 요리책은 이미 셀 수 없이 많이 나와 있는데. 굳이 내가 새삼 소개해야 한다는 것이 부담스러웠다. 맛있게 만들어 화면에서 먹음직스럽게 보여주는 일이라면 익숙했지만, 요리법을 세세히 독자에게 전달하려니 난감했다. 이를테면 토스트, 계란 프라이, 커피 젤리, 닭튀김 등. 주부라면 몇십 번 어쩌면 몇백 번은 식탁에 올렸을 요리다. 흔한 요리를 평소와 같은 재료로 더 맛있게 만들려면 어떻게 해야 할까…… 그동안 광고 현장에서 요구받았던 여러 사항에 힌트와 요령이 숨어 있었다. 빵을 화면에서 '먹음직스럽게' 보이도록 노릇하게 굽는 요령이 '실제로도 맛있게' 굽는 비결이었다. 토스트를 둘로 갈랐을 때 겉은 바삭하고 속은 촉촉하게, 결대로 찢어지는 장면을 얻으려면 뜨겁게 예열한 오븐 토스터로 고온에서 단시간에 굽는다. 저온에서 오래 구우면 골고루는 구워지지만 수분이 너무 증발해 비스킷처럼 쪼개진다. 오븐 토스터는 문에서 먼 안쪽이 더 고온이므로, 수분이 많은 식빵 밑 부분이 안으로 가게 넣어 재빨리 구워내면 전체가 황금색이 되고 속이 부드럽다. 커피 젤리에도 요령이 있을까…… 이것도 다시 만들어 시식해본다. 당연하게 여겼던 일을 시점을 달리해 들여다보면 더 맛있게 만들기 위한 힌트가 있었다. 커피 젤리는 약간 묽게 만들어 입안에서 사르르 녹는 식감을 낸다. 포인트는 시럽이다. 평소에는 설탕 녹인 시럽을 생크림과 함께 끼얹는데, 커피가 묽어져서 늘 아쉬웠다. 이번에는 설탕을 조금 태워 캐러멜을 만들어, 젤리에 쓰고 남은 진한 커피를 부어 쌉싸름한 커피시럽을 만들었다. 맛이 묽어질 일도 없고 커피 맛이 제대로 살아 있는 젤리가 완성됐다. 이런 식으로 하나하나 해답을 찾아나갔다.

영화 일을 시작하면서 주간지 〈아에라AERA〉에 영화 속 요리를 테마로 하는 연재 페이지도 갖게 되었다. 요리와는 담을 쌓고 살았다는 영화 팬이 영화를 보고 요리를 시작했다는 반가운 감상도 들려왔다. 마침내 〈오렌지 페이지〉의 요리 페이지를 맡아보라는 의뢰가 들어왔다. 최선을 다할 수 있는 최적의 타이밍이었다고 생각한다.

돌이켜보면 시작은 아주 작은 한 걸음이었다. 저거 재미있겠다 싶은 일에 무작정 내딛었던 한 발짝이 소박한 꿈을 꾸게 하고, 소박한 꿈이 더 큰 목표로 나아가게 해주었다.

태국풍 꼬치구이와 찰밥

태국 노점에서 먹은 꼬치구이에 살짝 변화를 준 것. 바비큐
에도 잘 어울린다.

꼬치구이 재료 (10개분)

　돼지고기 통삼겹살 500g(8mm 두께로 썬다)

　마늘 1톨(슬라이스)

　파인애플 50g(잘게 썬다)

　A　시즈닝소스 2큰술

　　　남쁠라 1큰술

　　　설탕 2작은술

　　　술 2큰술

　　　식초 1/2큰술

　　　참기름 1작은술

　식용유 적당량

　고수, 레몬, 라임 취향에 따라

만드는 법

1　파인애플, 마늘, A를 합친 것에 돼지고기 삼겹살을
　　30분-1시간 재운다.

2　고기를 꺼내 꼬치에 끼워 식용유를 얇게 두른 프라이팬

이나 생선 그릴에서 양면이 노릇해질 때까지 굽는다.

3   취향에 따라 고수, 레몬, 라임을 곁들인다.

※   **시즈닝소스가 없으면 간장 1¹/₂큰술도 괜찮다.**

곁들이는 찰밥 재료

   찹쌀 240g

   쌀 80g

   흑미 1큰술

만드는 법

   찹쌀과 쌀을 씻어 20분-30분 담갔다가 체에 건져 20분
   쯤 두어 물기를 뺀다. 흑미를 넣고 2공기 선까지 물을
   부어 밥을 짓는다.

※   **쌀 등은 씻어나온 쌀도 있으므로 포장에 적힌 사항을 잘 확인한다.**

당근 크레이프

가을 추수감사제 이벤트에서 채소를 테마로 만들었다. 백포
도주 향과 자연스러운 단맛이 '어른 입맛'이다. 그 밖에도 콘
크림으로 만든 커스터드 크림을 크레이프에 활용했다.

속에 넣는 재료 (4-5장분)

당근 1개(채썰기)

건자두 3개(씨 뺀 것)

백포도주 80cc

물 80cc

꿀 1-1$\frac{1}{2}$큰술

레몬즙 $\frac{1}{2}$큰술

사워크림 적당량

만드는 법

1 냄비에 당근, 건자두, 백포도주, 물, 꿀, 레몬즙을 넣어
끓인다. 끓어오르면 약한 중불에서 10-15분 국물이 거
의 없어질 때까지 조린다.

2 1이 식으면 건자두를 작게 찢어 당근과 섞는다.

반죽 재료 (4-5장분)

박력분 50g

달걀 1개

우유 125cc

설탕 $\frac{1}{2}$큰술

버터 10g(녹인다)

식용유 적당량

만드는 법

1   볼에 달걀과 설탕을 넣고 거품기로 섞는다. 준비한 우
    유의 절반만 넣어 더 섞는다.

2   1에 박력분을 넣고 매끈해질 때까지 섞은 다음 남은 우
    유를 추가해 냉장고에 1시간 재워둔다. 녹인 버터를 넣
    어 잘 섞는다.

3   뜨겁게 달군 프라이팬에 키친타월 등으로 기름을 얇게
    바르고 중불을 유지하며 반죽을 전체에 펼친다. 굳기
    시작하면 뒤집어 조금 더 구워 꺼낸다. 같은 요령으로
    4-5장 굽는다.

4   반죽의 4분의 1쯤 되는 곳에 사워크림과 재료를 얹어
    절반으로 접은 다음 다시 셋으로 접는다.

약간 큰 식빵과 매우 사치스러운 돈가스덮밥

있을 법한데 없는 것이 실은 꽤 많다. 당연히 있겠거니 했
는데 쉽사리 발견할 수 없었던 것 이야기를 해보려 한다.

이전에 프라이팬 하나로 파스타를 뚝딱 만들 수 있다는
식품 광고를 맡았을 때 일이다. 간편 조리를 위한 간편 도구
의 상징으로 테프론 프라이팬을 준비하게 되었다. 검정 손
잡이가 달린 빨간색 프라이팬. 이미지는 바로 떠올랐는데
찾아보니 의외로 전혀 없지 뭔가. 백화점, 슈퍼마켓, 잡화점
부터 갓파바시도쿄 아사쿠사 근처에 있는 식기, 조리도구, 식재료, 식품 샘
플 등을 주로 취급하는 도매상가 거리 도구 상가까지 어시스턴트와
분담해 며칠을 뒤지고 다녔다. 오렌지색, 하늘색, 별별 색이
다 있는데 빨간색만 없다…….

그때 우연히 나간 친척 모임에서 그 얘기를 꺼내자 "우리
동네에서 분명히 봤는데? 아무데서나 다 팔아"라며 다들 장
담했다. 기대하며 기다렸건만 며칠 후 "틀림없이 본 것 같은
데 없더군"이란다. 결국 전원 격침당했다. 그 직후, 다른 용

건으로 가구라자카에 갔다가 무심코 들어간 소박한 잡화점에서 딱 발견했지 뭔가. 몇십 년째 안 팔리고 자리를 지켰던 건 설마 오늘을 위해서? 먼지를 하얗게 뒤집어쓴 빨간 프라이팬. "있다!" 나도 모르게 소리쳤다. 누가 봤으면 프라이팬 하나에 왜 저러는 거야 했을지도. 현장에 가져갔더니 "그래, 이거지! 이런 평범한 게 좋다니까" 하고 흡족해했다. 그 평범한 걸 찾느라 얼마나 애가 탄 줄은 아무도 모른다. 프라이팬은 지금도 내 창고에 고이 모셔두었다.

또 하나는 식빵. 이것도 상당한 복병이었다. 디지털 카메라의 프린터 광고를 찍을 때 일이다. 감독이 원한 콘셉트는 식빵 테두리만 액자처럼 남겨 손에 들고 얼굴을 내미는 것이란다. 그러니까 탤런트 얼굴이 잘 보이게끔 약간 큰 식빵을 준비해달라는 주문이었다. "알겠습니다!" 씩씩하게 대답하고 빵집을 훑었는데 하나같이 크기가 똑같다. 그도 그럴 것이 애초에 식빵 틀은 크기가 일정해서, 큰 식빵을 구우려면 갓파바시 전문점에서 틀부터 따로 제작해야 한단다. 틀이 커지면 내 오븐으로는 구울 수 없어 빵을 구워줄 빵집도 물색해야 했다. 결과적으로 무사히 준비했지만 고작 1센티미터 큰 식빵을 얻기 위해 얼마나 동분서주했던지.

그러고 보면 '매우 사치스러운 돈가스덮밥'을 의뢰받은 일도 있다. 제품명이 '사치스러운 캔 커피' TV 광고였다. 당시는 말 그대로 화면에 스쳤다 사라졌으니, 지금이라도 그 것이 얼마나 사치스러운 돈가스덮밥이었는지 증언해보겠 다. 우선 그릇. 감독의 주문은 '금색 그릇'이었다. 이것도 있 을 법한데 전체가 금색인 제품은 의외로 드물다. 시간이 없 어서 또 갓파바시로 달려갔다. 덮밥 그릇 전문점에 심플한 덮밥 그릇을 금색으로 칠해달라고 부탁했다. 그런 다음 식 기 대여 전문점에서 금색 그릇에 어울릴 쟁반, 국 그릇, 채소 절임용 작은 접시를 고른다. 이런 작업은 꽤 즐겁다. 머릿속 에서 이건 많이 과한 버전, 이건 조심스럽고 품위 있는 버전, 하고 상상해가며 몇 가지 안을 준비했다. 최종적으로는 현장 에서 감독과 상담해 결정한다. 당일엔 두툼하게 튀긴 돈가스 를 와리시타_{맛국물에 간장, 미림, 설탕 등 조미료를 추가한 것}로 조려 계 란물로 덮어, 금색 그릇에 담아 파드득나물을 얹고 금가루를 뿌렸다. 채소절임은 무와 당근을 학 모양 틀로 찍어내 다시 마와 함께 아사즈케_{오이, 무, 가지 등을 조미액에 단시간 절인 것}로 만 들어 곁들이고, 작은 대하 한 마리를 통째 넣은 된장국을 함 께 내놓았다. 감독도 완성도에 만족해하는 눈치여서 나도 안 도했다.

TV 광고 촬영은 해당 식재료의 제철이 오기 전에 진행하 는 경우가 많아서, 시장에 나오지 않은 식재료를 확보하는 것도 일이다. 밤송이 달린 밤, 껍질 붙은 삶은 죽순 등은 냉동 보관했다가 일 년에 한 번 새로운 것으로 교체한다. 백화점과 잡화점 판매대에 늘어서는 도구도 제철이 있다. 도시락통은 주로 신학기 입학 시즌인 봄이 다양하고, 수프 그릇이나 돌냄비는 날이 쌀쌀해지는 가을 겨울에 많이 나온다.

있을 법한데 없는 물건 에피소드는 손꼽자면 한이 없답니다.

잔멸치 치즈 토스트

있을 법한데 없었던 잔멸치 치즈 토스트. 잉글리시 머핀으로 만들어도 맛있다. 푸슬푸슬 흩어지는 잔멸치가 치즈 덕에 하나로 뭉친다. 김을 찢어 토핑해도 맛이 잘 어울린다.

[재료] (2인분)

식빵 2장

(데친) 잔멸치 60g

슬라이스 치즈 2장

겨자 조금

차조기 잎 2장

만드는 법

1   예열한 토스터에 식빵을 살짝 구워 겨자를 얇게 바르

고, 잔멸치와 슬라이스 치즈를 얹어 치즈가 녹을 때까지 더 굽는다.

2　1을 접시에 담고 차조기 잎을 찢어 흩뿌린다.

간단한 돈가스덮밥

사치스러운 돈가스덮밥과 대조적인 소박한 밥공기 돈가스 덮밥이다. 볼 하나로 튀김옷을 입히니까 간단하다. 돈가스는 살짝 조리고, 남은 조림 국물에 계란을 풀어 돈가스 위에 끼얹는다. 있을 법한데 없었던 방법이다. 청새치로 만들어도 맛있다.

재료 (1인분)

밥　한 공기

돼지고기 얇게 썬 것　3장(이번에는 로스)

박력분　1작은술

달걀　1개

빵가루　적당량

대파(혹은 부추)　적당량

A　맛국물　3큰술

　　간장　1큰술

　　미림　1큰술

설탕 1작은술

굵은 소금 약간

후추 약간

기름 적당량

만드는 법

1 돼지고기에 굵은 소금과 후추를 가볍게 뿌려 한쪽 끝에
   서부터 네 번 접는다. 볼에 고기를 넣고 박력분을 전체
   에 묻힌다. 다른 볼에서 달걀물 1작은술과 빵가루를 차
   례로 묻힌다.

2 작은 프라이팬에 기름을 1cm쯤 되게 붓고 중불에서 약
   3분 고기를 뒤집어가며 튀겨 꺼낸다.

3 A를 작은 냄비에 넣고, 끓으면 대파와 돈가스를 넣어
   살짝 조려 밥 위에 얹는다. 남은 국물에 1의 남은 달걀
   을 돌려가며 넣어 가볍게 익혀 돈가스 위에 얹는다.

교토의 맛있는 것

영화 〈마더 워터〉(2010) 촬영을 위해 한 달 남짓 머물렀던 교토에서는 사람, 음식, 그릇에 이르기까지 멋진 만남이 많았다.

처음 교토를 방문한 것은 중학교 수학여행 때다. 지금처럼 먹는 욕심이 많지도 않았고 단체 여행이어서 딱히 '맛있는 도시'라는 인상은 없었다. 어른이 되고는 맛있는 것을 찾아, 일과 여행으로 일 년에 몇 번은 방문한다. 바둑판처럼 조성된 길이 익숙하지 않은 사람에게는 외려 어려워 몇 번을 가도 길치를 면치 못했다. 교토의 지도를 머릿속에 넣을 요량으로 자전거를 사서 거리를 산책했다.

거리 여기저기에 상점가가 있고, 가모가와 강변에는 벚꽃과 버드나무 등 자연도 풍부하다. 신사와 절에는 물을 길을 수 있는 장소도 있다. 주민들 말로는 아침 일찍 길어온 물로 끓인 커피는 맛이 각별하단다. 그게 없으면 하루가 시작되지 않는다고도 한다.

오래된 마치야상점과 집이 병설된 형태의 건물 건물이 많은 교토에는 새것과 옛것, 일본과 서양이 적절히 공존한다. 전부터 신기했는데 교토엔 왜 유난히 양식당과 찻집이 많을까? 교토 출신에게 물어보니 '교토에 호텔이 많아서 아닐까' 싶단다. 하기는 관광객도 호텔도 많기는 하다만. 호텔 주방장이 독립해 양식당이나 찻집을 내는 경우가 흔하다는 말일까? 흠, 교토의 찻집에서 내놓는 달걀 샌드위치가 난이도가 높은 오믈렛 샌드위치인 것도 그 때문인가? 이런 생각을 하면서 오믈렛 샌드위치를 먹었다.

한 달 머무르는 동안 소박한 숨은 맛집을 제법 발견했다. 부부가 꾸리는 카운터석뿐인 한국 가정식집, 오코노미야키집, 우동집. 뭐니 뭐니 해도 빵집이 많고 맛도 훌륭해서 깜짝깜짝 놀란다. 밖에서 보면 그냥 오래된 동네 빵집인데 식빵 한 줄 사려면 무려 반년을 기다려야 하는 가게도 있었다. 어느 날 자전거로 가모가와로 향하다가 귀여운 빵집을 발견해 크림빵과 잼빵을 하나씩 샀다. 강변에서 한 입 베어 먹고 혼잣말이 절로 나왔다. '헉, 맛있어.' 손에 쥔 순간부터 폭신한 감각이 어째 심상찮더라니. 이건 꼭 사야 해! 그길로 되돌아가 있는 대로 다 샀다. 잘 보니 이 집 빵은 가게에 설치된 가마에서 굽고 있었다. 촬영중인 스태프와 배우들에게 돌렸더니 맛있다고 다들 절찬했다.

바도 많다. 도쿄에서는 인연이 거의 없던 바의 즐거움을 교토에서 알게 되었다. 바텐더의 군더더기 없는 아름다운 동작을 흠뻑 빠져 바라보거나, 섬세하고 가련한 앤틱 글라스와 만난 사연을 듣노라면 술맛은 왜 또 그리 좋은지. 안 가도 큰 탈은 없지만, 그런 시간이 몸과 마음에 쌓인 하루의 피로를 풀어주고 막힌 데를 뚫어주었다.

영화 제목 '마더 워터'를 사전에서 찾으면 '어머니 같은 물, 위스키를 만드는 물'이라 되어 있다. 좋은 물 없이는 시작되지 않는 일을 하는 사람들의 '물'이 영화의 테마다. 영화 속에서 이런 요리 저런 요리를 만들었다. 요리는 물 없이는 안 된다. 닭고기덮밥을 전수해주신 소바 가게 주인장에게 가게에서 쓰는 물에 대해 물었더니, 매일 지하수로 맛국물을 낸다고 했다. 예전에 다른 곳에도 가게를 내려다가 교토 물이 아니면 똑같은 국물 맛을 못 낸다는 사실이 판명되어 계획을 깨끗이 접었단다.

물은 흔히 연수, 경수 등으로 분류하는데 교토의 물은 경도가 낮은 연수라고 한다. 연수는 칼슘, 마그네슘이 적고, 맛국물을 내면 거품이 나오지 않으며 잡미가 없어 소재 본래의 맛을 끌어내준다고 한다. 도쿄에 출점한 유명한 요정도 교토에서 물을 실어온다고 들었다. 그러고 보면 물이 가장 중요한 요소인 두부 가게, 바, 커피집이 많은 것도 납득이 간

다. 도쿄에서 태어나 자란 내게 교토는 일본의 매력을 유감
없이 전해주는 도시다.

파와 유부를 넣은 걸쭉한 우동

교토의 몇 군데 가게에서 먹고 완전히 빠진 우동이다.

걸쭉한 국물과 생강이 몸을 훈훈하게 해준다.

재료 (2인분)

우동 2인분 ※ **냉동면, 생면, 건면 아무것이나 괜찮다.**

유부 1장

구조네기 교토 전통야채로 지정된 일본 청파의 하나. 향이 좋고 단맛이

강하다(혹은 실파) 1/2다발

생강 1톨

물 1000cc

다시마(10cm) 1장

가쓰오부시 15-20g

엷은 간장 색이 옅고 향이 그윽해 주로 소재 본래의 색과 풍미를 살릴

때 쓰는 간장 2큰술

미림 2큰술

굵은 소금 1작은술

설탕 1작은술

A   녹말가루 1¹/₂큰술

　　물 3큰술

만드는 법

1　냄비에 물과 다시마를 넣어 30분 이상 불린다.

2　파는 어슷하게 썰고, 유부는 키친타월로 눌러 기름을
　빼(뜨거운 물을 끼얹어도 OK) 1.5cm 폭으로 썬다. 생강은
　껍질을 벗겨 갈아둔다.

3　1의 냄비를 중불에 올려 끓기 직전 다시마를 꺼낸다.
　가쓰오부시를 넣고 불을 끈 다음 2-3분 두었다가 체에
　거른다.

4　3의 국물 900cc에 엷은 간장, 미림, 굵은 소금을 넣는다.
　100cc를 별도의 작은 냄비에 옮겨 설탕을 넣고 유부를
　조린다. 국물이 줄어들 때까지 조려 유부에 맛이 배게
　한다.

5　3의 남은 국물을 끓여 A의 녹말가루 물을 섞고, 걸쭉해
　지면 불을 끈다.

6　데운 우동을 그릇에 담고 국물을 끼얹어 유부와 파를
　올리고 생강 간 것을 얹는다.

커피 젤리

앞에서 소개했던 커피 젤리다. 〈마더 워터〉에 커피가 나오는
김에 레시피를 남긴다. 커피 캐러멜 시럽에 위스키를 몇 방
울 떨어뜨리면 한결 '어른 입맛'이 된다.

젤리 [재료] (2인분)

> 진한 커피 280cc
>
> 젤라틴 가루 5g
>
> 뜨거운 물 50cc
>
> 그래뉴당 1큰술

시럽 [재료]

> 그래뉴당 2큰술
>
> 물 1큰술
>
> 진한 커피 50cc
>
> 생크림 적당량
>
> 민트 적당량

만드는 법

1   큼직한 볼에 뜨거운 물을 넣고 젤라틴 가루를 뿌려 불
    려둔다.

2   젤리를 만들 뜨거운 커피에 그래뉴당을 녹인다. 다 녹

으면 1의 젤라틴이 든 볼에 넣고 잘 섞는다. 유리그릇
이나 컵에 옮겨 한 김 식으면 랩을 씌워 냉장고에서 굳
힌다(3-4시간이 적당).

3   프라이팬이나 작은 냄비에 시럽용 그래뉴당, 물을 넣어
불에 올린다. 갈색으로 변하면 불에서 내려 커피를 넣
어 섞는다(튀니까 조심할 것). 내열 용기에 옮겨 식힌다.

4   2의 굳힌 커피 젤리에 생크림(거품기로 떴을 때 흘러내릴
정도)과 민트를 얹고 3의 시럽을 끼얹는다.

교토다움과 매점 과자

이번에도 〈마더 워터〉 촬영 일화와 교토다움에 대한 이야기다.

봄날 교토에서 한 달 남짓 계속된 촬영. 줄곧 호텔 생활이라 일과가 끝나면 맛있는 저녁을 먹을 가게를 물색하는 게 일이었다. 교토로 말하자면 일식은 물론이고 가볍게는 국물 맛이 생명인 교토 우동, 때로 중화요리까지 망라한다. 참고로 중화요리는 '교토 중화요리'라 부르고 싶을 정도로 간토 _{도쿄 도와 그 주변 6현을 일컫는 지역} 지방과는 다르다. 이를테면 춘권. 얇은 달걀지단 같은 껍질 속에 걸쭉함이 전혀 없는 아삭한 채소가 듬뿍 들어 있다. 탕수육도 신맛과 단맛이 절묘하게 조화롭다. 중화요리라지만 소재 자체를 즐길 수 있는 깔끔하고 세련된 맛이다.

또 하나, 교토답다고 느낀 에피소드가 있다.

몇 년 전 교토의 오반자이 가게_{교토의 반찬을 주로 내놓는 식당}에서 있었던 일이다. 할머니부터 손자까지 3대가 함께 온 일

행의 옆 테이블에 앉게 됐다. 친구와 함께였던 나는 여느 때처럼 이것도 저것도 요것도 하면서 욕심껏 주문했다. 그런데 옆 테이블 가족은 전원 똑같이 밥, 국, 무침, 생선 조림으로 구성된 심플한 메뉴를 주문하는 거다. 교토의 가정에서는 큰 접시에 담은 요리를 덜어 먹지 않고, 처음부터 각자의 접시에 따로 담아 식탁에 내놓는 게 일반적이란다. 아마 그 가족도 집에서 하듯 모두가 같은 메뉴를 먹었을 뿐인지 몰라도 왠지 근사해 보였다. 취향과 루틴이 뚜렷한 사람들, 자신이 무엇을 소중히 여기는지 확실히 아는 사람들은 멋지다.

화제를 바꾸어, 영화 개봉에 맞춰 영화관 매점 등에서 판매할 과자를 고안하게 되었다. 이 상품 제작은 예상 밖 사태의 연속이었다고 할까, 아무튼 세상에 넘치는 상품 하나하나를 다시 보는 계기가 되었다.

우선 뭘 만들지 떠오르는 대로 적어 내려갔다. 물이 테마니까…… 위스키시럽이나 커피시럽을 끼얹어 먹는 물 젤리천연수를 젤라틴으로 굳힌 것. 커피시럽을 흠뻑 배어들게 한 퐁당 쇼콜라. 위스키로 맛을 낸 말린 무화과를 시럽에 졸여 초콜릿 코팅을 입힌 것. '파트 드 프뤼'라는 프랑스 과일 젤리 과자에 위스키를 먹인 것. 그 밖에 아이리시 커피 젤리 등. 구운 과자와 생과자를 포함해 열다섯 품목쯤 생각했다. 매점에서 냉장 보관이 가능한지, 제조와 유통 여건 등을 따져보니 범위가 확 좁혀졌다. 마지막까지 후보로 남은 것이 일명 두부 팩 콩고물 마시멜로. 두부 반 모 크기의 마시멜로를 두부 팩에 넣으면 재미있지 않을까 싶었다. 문제는 포장이었다. 두부 팩은 쉽사리 구한다 해도 비닐 필름을 붙여 밀봉하는 방법이 생각보다 어려웠다. 포장만 두부 가게에 따로 의뢰한다, 포장 기계를 산다, 렌털한다 등 여러 아이디어가 나왔는데 기계가 무려 2백만 엔, 렌털해도 크기가 피아노만 하단다. 장소도 차지하고 운반에도 인건비가 들어서 최종적으로 단념했다. 두부 포장 하나도 보통 일이 아니란 걸 배웠다.

결국 쿠키로 낙착됐다. 등장인물들의 직업에 맞춰 각각 맛을 달리 했다. 두부 가게를 하는 하쓰미는 콩비지를 넣어서. 커피집을 하는 다카코는 쌉쌀한 커피 맛으로. 바를 운영하는 세쓰코는 술에도 어울리는 치즈 맛으로 정했다. 지바에서 '라 클레망틴'이라는 프랑스 과자점을 하는 이십 년 지기 모리시타 씨와 협업했다. 쿠키 틀은 대본에 있던 일러스트를 흉내 내 내가 더듬더듬 그려보았다. 이번에도 갓파바시에서 제작해주는 곳을 찾아냈다. 직인이 동판으로 일일이 수작업해 바깥 틀을 만들어 위쪽에 용수철을 달고, 틀 안쪽 부분도 세밀히 세공했다. 주문대로 잘 나올까 설레는 마음으로 기다렸다. 완성된 쿠키 틀은 그 자체로 '그림'처럼 근사했다. 물론 쿠키 맛도 손색없이 훌륭했다. 커피 맛 쿠키는 실물 컵과 비슷한 크기, 콩비지 쿠키도 두부와 똑같은 사이즈로 만들었다. 귀엽답니다.

콩고물 마시멜로

두부처럼 재료도 콩을 써서 콩고물 맛으로 했다. 상품화는 실현하지 못했지만 이거 꽤 맛있답니다. 좀 커서 먹기 힘드니까, 한 입 크기로 잘라 가루를 묻히는 걸 추천한다.

[재료] (작은 두부 팩 2개분)

계란 흰자 2개분

그래뉴당 160g

물 60cc(4큰술)

물엿 30cc

A   젤라틴 가루 10g

물 30cc(2큰술)

콩고물 20g

B   콩고물 40-60g

옥수수 전분 200-400g

만드는 법

1   볼에 A를 넣고 중탕으로 젤라틴을 불린다. 속이 깊은

플라스틱 통에 B를 섞어 넣고 평평하게 만든다. 두부 팩으로 눌러 모양을 뜬다.

2 작은 냄비에 그래뉴당, 물, 물엿을 넣어 그래뉴당이 녹을 때까지 섞으면서 가열한다(녹으면 섞지 말고 냄비를 흔드는 정도). 117°C까지 온도를 높인다. 117°C가 되면 젖은 행주 위에 얹어 온도가 더 올라가지 않게 한다.

3 볼에 계란 흰자를 넣고 핸드믹서의 중속으로 약 1분 거품을 낸다. 표면이 매끄러워지면(전체적으로 하얗게 거품이 일어 묵직한 느낌이 들 정도) 2를 조금씩 넣으면서 고속으로 바꾸어 거품을 낸다.

4 거품이 고와지고 윤이 나면 불려둔 젤라틴을 두 번에 나누어 넣으면서 거품을 낸다.

5 볼 바닥이 체온 정도가 될 때까지 거품을 낸다. 마지막에 고무 주걱으로 바닥에서 떠올리듯이 잘 섞는다.

6 1에서 모양을 뜬 B의 우묵한 곳에 5를 천천히 흘려 넣는다. 상온에서 굳힌다. 체를 사용해 표면에 B를 살살 뿌린다.

7 여분의 가루를 털어내고 두부 팩에 넣는다(6등분해 표면에 B를 뿌리면 먹기 좋다).

비프커틀릿 샌드위치

교토의 커틀릿 샌드위치라면 단연 '소고기'다. 비프커틀릿 샌드위치. 이번 회는 잘 익힌 타입이지만 취향에 따라 미디엄으로 익히거나, 살코기 대신 지방이 많은 부위를 써서 고급감을 내는 등 변화를 줄 수 있다.

재료 (1인분)

　식빵 2장

　소고기 넓적다리살 약 140g(1.3-1.5cm정도 두께)

　굵은 소금, 후추 적당량

　박력분 적당량

　달걀물 적당량

　생 빵가루 빵에 수분을 남겨 건조시킨 굵은 빵가루 적당량

　식용유 적당량

　소스(만들기 쉬운 분량)

　　우스터소스 1/2큰술

　　주노소스 약간 걸쭉한 우스터소스의 일종 1큰술

　　토마토케첩 1/2큰술

　버터, 겨자 적당량

만드는 법

1   소고기 넓적다리살을 상온에 10분 정도 내놓는다.

2   고기를 봉으로 두드려(사이즈가 조금 커질 정도로) 굵은 소
    금과 후추를 뿌린다.

3   박력분, 달걀물, 생 빵가루 순서로 튀김옷을 입혀 170-
    175°C의 기름에 약 1분 반 튀긴다(도중에 뒤집는다). 밧
    드에 꺼내 기름을 뺀다.

4   식빵을 토스터에 구워 버터와 겨자를 얇게 바른다. 소
    스 재료를 섞어 커틀릿 한 면에 바른다. 소스를 바른 면
    이 아래로 가게 해서 빵에 올리고, 남은 한 면에도 발라
    빵을 덮는다. 가볍게 눌러 셋으로 등분한다.

처음부터 끝까지 즐거웠던 한국

　시리즈로 세 권 출간했던 《LIFE 1, 2, 3》의 첫 책이 출간된 것이 2009년 3월인데, 한국어로도 번역 출판되었다. 다행히 호평이라고 판촉 이벤트에 불러주셔서 넉넉한 5박 6일 일정으로 한국에 다녀왔다.

　한국에서도 내가 요리를 담당했던 영화나 드라마가 제법 인기였는지 많은 분이 찾아와주셨다. 이벤트에서 주먹밥을 같이 만들거나 일본 가정식을 직접 선보이기도 했다. 잡지와 신문 취재에도 응했는데, '보기만 해도 마음이 따스해지는 대목이 많다. 요리 콘셉트는 어떻게 설정하는지?' 등 많은 질문을 해주셨다. 일상의 평범한 요리도 하나하나 들여다보면 저마다 꼭 어울리는 풍경이 있다. 《LIFE》의 요리 콘셉트를 고안할 때도 나 자신의 추억과 다른 이들의 추억에서 공통점을 많이 발견했다. 그 이야기를 하자 '알죠, 알죠' 하면서 다들 격하게 수긍한다. 오하기_{멥쌀과 찹쌀을 섞어 빚어 팥소나 콩고물을 묻힌 떡} 하면 '할머니 댁에 놀러가면 어김없이 커다란 접시에 박력 있게 담겨 나왔다'라든가 '만두의 날은 온 가족이 둘러앉아 가볍게 백 개는 빚었다'라든가. 모두의 기억에 공통되는 '크림 스튜는 추운 날 먹어야 제 맛'이라는 감각을 살려 '눈 오는 날의 크림 스튜'라고 제목을 붙였다. 그런 소소한 감각들이 모여 그저 요리 사진과 레시피만 나열한 책에서 벗어나 독자의 기억을 끌어냈고, 덕분에 읽어주신 분들도 따듯한 기분이 된 게 아닐까. 전에도 언뜻 그런 생각을 했던 터라 그렇게 대답했다. 일본의 가정요리 책을 푸근하다고 공감해주는 한국 사람들의 속 깊음이 고맙고 기뻤다.

이벤트 전후에 미술관을 둘러보거나 시장, 카페, 식당을 순례하며 한국을 만끽했다. 시장에는 비빔밥이면 비빔밥, 부침개면 부침개, 요리별로 노점들이 모여 있어 갈등을 유발했다. 통역을 맡아준 김 선생님 말로는 손님 많은 가게를 고르면 틀림없다는데, 나는 주인장의 인상이 선한지, 재료를 씻고 다듬고 써는 손길이 상냥한지를 보고 선택했다. 이 년 만에 간 한국에 그새 카페가 확 늘어난 것도 놀라웠다. 일본에 비해 좌석이 널찍하게 확보되어 마음이 편안했다. 유자차, 오미자차 등 한국 전통차를 내놓는 가게가 많았고 음식도 가정식을 쉽게 만날 수 있었다. 그중에서도 입맛을 사로잡았던 것이 고등어 김치조림이다. 일식 고등어 된장조림에도 김치가 잘 맞겠는데? 김치가 생선 비린내를 잡아주어 맛이 개운해지는구나! 마침 고등어가 맛있는 철이니까 나도 만들어봐야지! 등등. 먹을 때마다 그런 생각으로 머릿속이 분주해졌다.

해외가 처음인 어시스턴트 이타이 씨는 한국이라면 불고기와 매운 요리의 이미지가 강했는데, 고기보다 오히려 채소를 많이 먹고 맵지 않은 요리도 다양한 데 놀란 눈치였다. 고기를 일인당 일인분 주문하면 생채소와 반찬, 김치가 풍성하게 따라 나오고, 더 달라면 인심 좋게 더 준다. 고기도 먹고 영양 균형도 챙기는 식단이다. 이벤트와 취재 때 만난 사람 중에도 피부가 깨끗하거나 늘씬하거나 아름다운 사람의 비율이 높았다.

또 하나, 남자들이 친절하다. 아침결부터 잡지에서 알아둔 식당을 찾느라 한 손에 지도를 들고 두리번거릴라치면 어디선가 스르르 다가와 친절하게 길을 가르쳐준다. 이대로 한 달쯤 있다가는 아무나 좋아해버릴 것 같아! 하고 또 설렘 지수가 상승한다.

이벤트 요리 교실을 마치고 뒷정리를 해주던 소박한 청년에게 내가 "그럼, 사랑해요-!"하면서 해맑게 손을 흔들었다. 순간 공기가 얼어붙어서 뭔가 잘못됐구나 싶었다. 실은 이벤트 시작 전에 이타이 씨가 한국어 가이드북을 들여다보며 "처음엔 안녕하세요, 마지막엔 손을 흔들면서 '사랑해요-'가 좋지 않을까요?"라기에 '사랑해요=안녕히 계세요' 등식이 멋대로 성립했던 것이다. 나중에 뜻을 알고 얼마나 무안했던지. 그냥 웃었답니다. 이래저래 뒤늦게 한국앓이를 하는 중인데, 아무래도 다음 기회를 위해 한국어를 공부해야 할 것 같다.

고등어 김치조림

한국 카페에서 점심으로 먹은 고등어 김치조림이다. 전갱이나 대구, 두부로 만들어도 좋을 것 같다. 조림용 냄비나 프라이팬은 2인분쯤의 양이라면 20cm 정도의 제품을 쓰길 권한다. 조림 국물에 재료가 여유 있게 잠겨 맛있게 완성할 수 있다.

재료 (2인분)

> 고등어 반 장
>
> 김치 200g
>
> 무 4cm
>
> 대파 10cm
>
> 다진 마늘 약간
>
> 물 250cc
>
> 술 50cc

설탕 $1/2$작은술

간장 약 1큰술

빻은 흰깨 $1/2$큰술

고춧가루 취향에 따라

만드는 법

1 고등어는 절반으로 자른다. 김치(국물도 사용)는 3cm 길
   이로 썬다. 무는 껍질을 벗겨 7mm 정도로 둥글게 썰어
   3등분한다. 대파는 얇게 어슷썰기 한다.

2 냄비에 무와 김치를 펼쳐 넣고 고등어를 얹어 물, 술을
   넣고 센불에 올린다. 끓으면 중불로 줄여 설탕, 간장, 마
   늘을 넣고 오토시부타 냄비나 용기 속에 쏙 들어가게 만든 작은 뚜
   껑를 덮어 15-20분 조린다.

3 대파, 빻은 흰깨를 넣고 참기름을 살짝 둘러 한소끔 끓
   여 불을 끄고 간을 맞춘다. 취향에 따라 고춧가루를 넣
   는다.

돼지고기 보쌈

고추장이 없으면 된장에 두반장이나 이치미 혹은 라유와 설
탕을 섞어도 된다. 돼지고기만 미리 삶아두면 바로 먹을 수

있으니까 손님 치를 때 편할 것 같다.

재료 (3-4인분)

돼지고기 삼겹살 덩어리 1덩어리(480g)

마늘 2톨

생강(슬라이스) 2-3장

대파(파란 부분) 1대분

고기가 잠길 정도의 물 약 1500cc

술 50cc

된장 1큰술

굵은 소금 약간

A   대파(흰 부분) 1대분

      참기름 1작은술

      굵은 소금 약간

      빻은 흰깨 1작은술

B   된장 2-3큰술

      고추장 1큰술

      참기름 약간

      다진 마늘 취향에 따라

      빻은 흰깨 취향에 따라

상추 적당량

깻잎 적당량

김치 적당량

만드는 법

1   마늘은 반으로 잘라 싹을 빼고 칼등으로 으깬다. 냄비
    에 돼지고기 삼겹살, 마늘, 생강, 대파 파란 부분, 물, 술,
    된장, 굵은 소금을 넣고 불에 올린다. 끓으면 기름을 걷
    어내고 약불에서 30~40분 삶는다. 불을 끄고 한 김 식
    힌다. 고기 삶는 국물의 염분은 삼삼한 송이버섯국 정
    도가 적당하다.

2   A의 대파를 5cm로 채 썰어 물에 담근다. 물기를 완전
    히 빼 참기름, 굵은 소금, 빻은 흰깨를 넣고 버무린다.

3   B의 된장, 고추장, 참기름을 합쳐 쌈장을 만든다. 취향
    에 따라 다진 마늘, 빻은 흰깨를 더해도 좋다.

4   1의 고기를 얇게 썰어 접시에 담는다. 상추에 깻잎, 고
    기, 2의 대파, 3의 쌈장, 김치를 올려 싸먹는다.

봄의 미각

푸드 스타일리스트라는 직업 특성상 물을 쓸 일이 많아 겨울이 조금 괴로운 탓일까. 유독 봄을 기다린다. 촬영 스튜디오는 찬물만 나오는 곳도 많은데, 한겨울에 채소나 식기를 대량으로 씻기란 보통 일이 아니다. 겨울도 끝나가고 봄기운이 슬슬 느껴지면 마음이 들썩인다. 그럴 때는 조금 일찍 일어나 쓰키지 수산물을 중심으로 한 도쿄의 도매시장. 상인들 대상의 장내 시장(2018년 도요스로 이전)과 일반객도 이용하는 장외 시장으로 나뉜다로 향한다.

도착하면 일단 최애 찻집으로 직행해 햄토스트와 우유 넣은 커피로 속부터 든든히 채운다. 그런 다음 장내 시장을 한 바퀴 돌고, 갓 깎은 가쓰오부시를 사거나 한다. 쓰키지 장외 시장은 일반 손님과 관광객도 많아서 가정에서 쓰기 편한 소량의 식재료도 살 수 있고, 최근에는 각 지방 특산물을 모아둔 안테나숍 같은 가게도 늘어나서 뭐랄까 미치노에키일본 각 지자체와 도로 관리자가 연계해 주차장, 휴식과 숙박, 상업시설 등을 일체

화한 복합 도로시설에 나들이라도 온 기분이다. 조미료도 재미있는 것들이 꽤 있으니 기회가 되면 한 번 들러보시기를.

3월 초순 쓰키지에는 색색의 봄나물과 봄철 채소, 생선이 쏟아져 나온다. 두릅, 머위꽃, 완두콩, 죽순, 햇양파, 벚꽃 필 무렵 맛이 좋아지는 참돔 등등. 요즘은 뭐든 일 년 내내 슈퍼마켓에서 살 수 있다고 생각하기 쉬운데, 봄철 채소는 딱 이때가 아니면 손에 넣기 힘든 것이 은근히 많다. 실제 계절보다 앞질러 촬영하는 TV 광고를 위해 산지에 직접 문의하거나, 인터넷을 아무리 뒤져도 구할 수 없던 꼬투리 누에콩이며 껍질 붙은 죽순 등이 제철을 만나 넘쳐난다.

봄철 채소와 봄나물은 겨우내 몸속에 쌓였던 노폐물을 밖으로 내보내준다. 몸속에서부터 말끔히 깨어나 봄을 느끼게 해준다.

나이를 먹을수록 피부에 와닿는 계절의 변화가 반가워진다. 최근에는 해외에 나갈 기회가 많아지면서 특히 일본의 춘하추동, 계절마다 돌아오는 행사나 식사의 의미를 새삼 되새기고 소중히 여기게 되었다.

3월의 대표적 행사를 꼽자면 삼짇날, 히나마쓰리여자아이들의 행복을 기원하며 히나 인형을 장식하는 민속 축제가 있다.

여자아이가 태어나면 첫 삼짇날에 히나 인형을 사서 장식한다. 무럭무럭 성장하기를 기원하는 한편 혹시 닥칠지도 모르는 액운이나 재앙을 인형이 막게 한다는 의미도 있다. 우리 집도 내가 어릴 때 히나마쓰리가 다가오면 부모님이 꼬박꼬박 5단 히나 인형을 장식했다. 얼굴이 예쁜 그 공주 인형을 나는 꽤 좋아했다.

3월 3일에는 할아버지를 비롯해 친척들이 모이고, 어머니가 전날부터 당근을 꽃잎 모양으로 깎아 준비해둔 봄빛 물씬한 지라시즈시와 대합국이 식탁에 올랐다. 대합은 봄이 제철이거니와 껍질을 한 번 떼면 다른 껍질과 절대 맞물리지 않는지라 좋은 인연을 만나 해로하라는 뜻이란다. 그 밖에 정초나 결혼 때 먹는 다시마조림에는 기쁜 일이 많이 생기라는 뜻이昆布は喜こぶ['콘부'와요로'코부']: 다시마는 기뻐한다, 콩조림에는 성실하게 살라는 뜻이豆はまめに生きる['마메'와'마메'니이키루]: 콩은 성실하게 산다 담겨 있다. 이처럼 축하의 자리에 내놓는 일본의 먹을거리는 재치 있는 말장난으로 행운을 빌어주는 의미가 많다. 과학적 통계적 근거는 전혀 없지만, 대대손손 이어진 전통의 면면에서 부모님의 한결같은 사랑이 느껴진다.

최근에 안 사실인데, 액운을 '대신' 막아주는 히나 인형은 한 사람당 한 쌍을 준비해야 한단다. 어머니도 몰랐는지 우리 집은 언니(첫딸)가 태어났을 때 3단 사고, 내가 태어났을 때 2단 추가해 5단이 됐단다. 말하자면 언니의 액운은 공주님이 막아주고, 내 액운은 3인관녀보다 아래 단에 있는 '그 밖의 사람들'이 막아준 셈이랄까. 뭐 저는 아무래도 괜찮답니다. 중요한 것은 인형을 정리하는 타이밍이다. 바로 치우지 않고 늑장을 부리면 딸의 혼기가 늦어지거나 영 결혼을 못한다는 옛말이 있다. 백 퍼센트 안 믿지만 혹시라도 만에하나…… 싫었는지 부모님은 해마다 이튿날이면 히나 인형을 착착 정리해주셨다.

완두콩 달걀 주머니밥

완두콩밥에 생강초절이만 넣어도 초밥 풍미를 낼 수 있다. 오므라이스와 같은 요령으로 밥을 싸서 차킨즈시_{생선, 채소를 넣}은 초밥을 얇은 달걀부침으로 싸 박고지나 다시마로 묶은 것_풍으로 만든다.

[재료] (4인분)

완두콩 1/2컵(70g)

쌀 2컵

굵은 소금 1/2작은술

술 1큰술

물 적당량

다시마(5cm) 1장

생강초절이 30-40g

꼬투리째 먹는 완두콩 적당량

86

얇은 달걀부침

　달걀 4개

　굵은 소금　두 꼬집

　식용유　약간

만드는 법

1　씻은 쌀을 물에 20분 불려 체에 걸러 10-20분 둔다.

2　완두콩은 비닐 주머니에 넣어 봉으로 두드려 거칠게 으깬다. 생강초절이는 물기를 빼 도톰하게 채 썬다. 꼬투리째 먹는 완두콩은 줄기를 떼고 데쳐 찬물에 담갔다가 물기를 빼둔다.

3　밥통에 쌀과 술을 넣고 물을 2컵 선까지 부어 다시마, 굵은 소금을 넣고 살짝 섞는다. 2의 완두콩도 넣어 밥을 짓는다.

4　밥에 생강초절이를 섞는다.

5　볼에 달걀을 깨 굵은 소금을 넣는다. 달군 프라이팬에 기름을 얇게 두르고 달걀물을 1/4 분량 흘려 넣어 넓게 펼친다. 반숙이 되면 4의 밥을 1/4쯤 얹어 달걀로 싼다.

6　접시에 담고 약 1cm로 자른 생강초절이(분량 외), 꼬투리째 먹는 완두콩을 올린다.

순무와 대합 수프

순무는 빨리 익어서 금방 만들 수 있다. 작은 대합이 없으면 모시조개로 만들어도 훌륭한 맛이 난다. 후추를 뿌리면 풍미가 확 산다.

[재료] (4인분)

> 대합(작은 것 혹은 모시조개도 가능) 350g
>
> 물 250cc
>
> 술 2큰술
>
> 순무 4개
>
> 대파 15cm
>
> 두유 100cc
>
> 버터 1작은술
>
> 굵은 소금 1작은술 남짓

만드는 법

1   순무는 둥글게 썰고 대파는 송송 썬다.

2   냄비에 해감한 대합, 물, 술을 넣고 뚜껑을 덮어 입이 벌어질 때까지 가열한다. 대합만 건져 살을 발라낸다.

3   달군 프라이팬에 버터를 녹여 대파를 볶는다. 익으면 2의 국물과 순무를 넣고 뚜껑을 덮어 10분 정도 익힌다.

4   순무가 부드럽게 익으면 믹서에 넣어 매끈해질 때까지
    간다.

5   4를 옮긴 냄비를 불에 올려 두유, 대합 살을 넣고 굵은
    소금으로 간을 맞춘다. 데친 순무 잎을 흩뿌려도 좋다.

'하나뿐인' 요리

오래된 것을 좋아한다. 집이나 작업실을 구할 때도 신축보다 굳이 구옥을 찾는 편이다. 그쪽이 감이 딱 올 때가 많다. 날씨 좋은 일요일이면 아라이야쿠시나 도미오카하치만 구 골동품 시장을 구경 간다. 에도나 메이지 시대에 만들어진 식기는 바라보기만 해도 등이 꼿꼿해지는 기분이다. 자칫 깨뜨렸다가는 여기서 역사가 끝나고 만다는 긴장감도 있다. 양손으로 접시를 살포시 들어본다. 같은 무늬도 한 장 한 장 그림의 표정이 미묘하게 다르다. 그 옛날 '물건'을 만든 사람의 기척이 느껴져서 가슴이 설렌다. 오랜 세월, 용케 손에서 손으로 소중히 전해져 지금 내 손에 들려 있다고 생각하면 왠지 찡해진다.

골동품 시장 주변에는 내가 좋아하는 오래된 상점가가 있을 확률이 높다. 레트로 감성 넘치는 찻집에서 그날의 수확품을 풀어보는 것도 또 다른 재미다.

도서관에서 다이쇼 일본의 연호, 1912년 7월 30일 - 1926년 12월 25일,

쇼와1926년 12월 25일 - 1989년 1월 7일 등 다양한 시대의 요리책을 들여다볼 때면 레시피의 문장이며 표현이 아름다워서 놀란다. 이를테면 '된장국은 부르르 올라오면 불을 끈다'라고 되어 있다. '부르르 올라오면'이란 끓는 순간을 의미한다. 된장은 오래 끓이면 풍미를 잃는다.

제철을 기다리지 못하고 조금 앞서 먹는 햇것을 '만물走り', 곧 끝나는 제철을 아쉬워하며 먹는 것을 '여운名殘り', 고추를 꽂아 갈아서 얻은 진홍색 무즙을 '단풍 무즙もみじおろし'이라 부르는 것도 풍치가 있다.

무 등의 재료에 맛이 잘 배어들게 하거나 빨리 익히기 위해 십자로 넣는 칼집을 '숨은 칼隱し包丁', 팥 따위를 조릴 때 설탕의 단맛에 그윽함을 더하려고 넣는 소금을 '숨은 맛隱し味', 생선 구울 때 지느러미나 꼬리가 타지 말라고 뿌리는 소금을 '화장 소금化粧塩'이라 하는 것도 일본어의 독특한 표현이다. 섬세한 마음과 살뜰한 궁리가 엿보인다. 같은 요리를 계절에 따라 달리 말하는 것도 재미있다. 고물을 묻힌 동그란 찹쌀떡을 가리켜 봄에는 모란에 빗대어 '보타모치'라 부르고 가을에는 싸리에 빗대어 '오하기'라 부른다.

'식食'과 관련된 일을 해오면서 요즘 이런 생각을 한다. 최근에는 기업이나 매스컴이 요리하는 쪽의 편리함, 간편함을 제1로 생각해 너무 앞서가는 건 아닌지. 사실 기본 도구(냄비, 찜기, 구이 망 따위)만 하나씩 마음에 드는 제품을 소장하면 이리저리 돌려쓰며 대개의 요리는 만들 수 있다. 조미료나 가공식품도 마찬가지다. 지금껏 써왔던 도구나 조미료를 점점 귀찮게 여기는 분위기로 흐르지 않나 싶다. '식'의 지혜와 문화가 사라지지 않도록 사회 전체가 고려해나갈 필요가 있지 않을까. 만드는 쪽도 요리하는 과정을 더 적극적으로 즐기면 좋겠다.

이를테면 달걀 부칠 때 지브리 영화에 나올 법한 달걀 프라이를 목표로 해본다거나. 맛국물을 낼 때 가다랑어의 일생을 잠시 상상해본다거나. 참고로 가다랑어는 잘 때도 헤엄친다고 한다. 도구도 요리를 즐기는 데 중요한 아이템이다. 플라스틱이 편리한 면은 있지만 역시 마음에 드는 자연소재의 대나무 체, 나무 밥통, 돌냄비, 무쇠 프라이팬 등을 갖추어 쓰면 좋겠다. 이것들은 모양새도 멋지거니와 요리가 한결 맛있어지는 기분이 든다. 아울러 도구를 만드는 직인과 지구 환경을 지키는 일도 된다. 생각보다 관리도 간단하고, 오래 가고, 세월이 갈수록 근사하게 손때가 묻어 애착도 생긴다.

즐기면서 만드는 요리는 틀림없이 맛있을 터다. 그런 요리는 마음에 오래도록 남는다. 어른이 되어서도 그런 요리를 먹고 자랐다는 사실, 누군가에게 소중히 여겨졌다는 사실이 자신감으로 이어져 스스로를 더 사랑할 수 있다고 생각한다. 정서가 풍부한 식탁을 둘러쌈으로써 요리에도 이야기가 태어난다.

솜씨가 엉성한 사람이 만든 조금 투박하고 짭짤한 우엉 무침. 정 많고 손끝 여문 사람이 만든, 우엉과 당근이 폭신하게 어우러진 삼삼한 우엉 무침. 배고파서 후다닥 만든 사각사각 식감이 살아있는 우엉 무침. 이건 이것대로, 저건 저것대로 맛있을 터다.

열 사람이면 열 사람 다 다른 우엉조림. 밖에서 사먹을 때는 쉬이 만날 수 없는, 문득 무한히 먹고 싶어지는 여러분의 '하나뿐인' 요리는 무엇인가요.

죽순밥

제철에 신선한 죽순을 구하면 필히 삶는 작업부터 해보길 바란다. 기왕이면 두세 개 삶아 국도 끓이고, 조리거나 살짝 구워 식탁을 죽순밭으로 만들어도 좋겠다.

재료 (4인분)

쌀 2컵

죽순 1개

유부 1장

A   맛국물 330cc

       엷은 간장 1큰술

       굵은 소금 $1/2$작은술

       술 1큰술

   쌀겨 한 주먹

   붉은 고추 1-2개

만드는 법

1   씻은 쌀을 물에 20분 불려 체에 걸려 10-20분 두었다
가 밥솥에 앉힌다.

2   삶은 죽순은 딱딱한 부분을 제외하고 얇게 썬다. 유부
는 키친타월로 두드려 기름을 제거해 잘게 썬다.

3   A를 합쳐 잘 섞어 1의 밥솥에 붓고 2컵 선보다 적으면
물을 더 붓는다. 2의 재료를 얹어 밥을 짓는다. 다 되면
한 번 섞는다.

※   **생죽순 삶는 법**
끝을 비스듬하게 잘라내고 껍질에 세로로 한 줄 칼집을 넣는다. 쌀겨와
붉은 고추를 넣고 물을 듬뿍 부어 1시간쯤 삶아, 굵은 부분에 대나무 꼬
치를 꽂아 숙 들어가면 그대로 식힌다. 바로 사용하지 않는 경우는 껍
질을 벗겨 찬물에 담가둔다.

소고기 우엉 달콤매콤 조림

봄에는 연한 햇우엉도 나온다. 소고기는 취향에 맞춰 기름이 적은 살코기나 기름이 많은 부위를 고른다. 선택하는 식재료에 따라 맛과 식감이 꽤 달라진다. 기름진 부위로 만들 때는 산초 가루를 조금 뿌리면 향도 좋고 소화도 잘 된다.

[재료] (4인분)

소고기(삼겹살이나 어깨 로스) 200g

우엉 1/2개(100g)

굵은 채 곤약 작은 것 1봉지(100g)

생강 1톨(15g)

술 3큰술

설탕 1큰술 남짓

간장 2큰술

기름 약간

만드는 법

1   소고기는 먹기 좋은 크기로 썬다. 우엉은 연필 깎듯 돌려가며 조금 굵고 엇비슷이 자른다. 굵은 채 곤약은 3-4cm로 썰어 살짝 데쳐 체에 걸러 물기를 뺀다. 생강은 껍질을 벗겨 채 썬다.

2 중불로 달군 냄비에 기름을 두르고 고기를 볶는다. 어느 정도 익으면 우엉, 굵은 채 곤약을 넣고 1-2분 더 볶는다.

3 전체에 기름이 배면 술, 설탕, 간장, 생강 순서로 넣고 불을 조금 줄여 5-6분 볶는다. 수분이 거의 없어지면 불을 끄고 뚜껑을 덮어 맛이 배게 한다.

돼지고기 보쌈

pp. 80-82

배추절임 전골

pp. 132-133

두부 안가케밥

pp. 142-143

에티오피아풍 니쿠자가

pp. 180-181

가라쓰쿤치의 손님 접대

어느 해 11월, 사가 현 가라쓰의 전통 행사 '가라쓰쿤치'에 초대받아 다녀왔다. 예부터 이 축제는 모르는 사람 집에도 스스럼없이 들어가 먹고 마시면서 왁자지껄 즐기는 것이 관습이란다.

가라쓰 출신 친구 아스카 씨가 아무튼 고향에서는 정말 특별한 행사니까 꼭 한 번 와보라고 누누이 얘기했던 터다. 마침내 기회가 와서 아스카 씨 댁 손님 접대 요리를 같이 만들기로 했다. 축제 전날은 오후 1시부터 7시까지 줄기차게 준비한다. 당일은 아침 6시 반부터 준비를 시작해 10시쯤 완료. 이윽고 10시에 첫 손님이 찾아와 에누리 없이 자정까지, 끊임없이 이 사람 저 사람이 드나들며 요리와 술을 즐긴다.

당연히 음식도 술도 종류와 양이 엄청나다. 아스카 씨 댁에서 준비한 회심의 메인 요리는 자바리 회. 1미터는 너끈히 되는 자바리를 크고 기다란 전용 도마에서 회를 떠 머리와 꼬리도 함께 장식해 내놓는다. 그 밖에 지쿠젠니 닭고기, 뿌리채소, 곤약 등을 볶아 달콤짭짤하게 조린 요리, 아버님 특제 닭튀김, 미트로프, 감자 샐러드와 채소절임도 있다. 동네 명물이라는 가와시마 두부점의 '체두부'갓 굳은 순두부를 체에 담아 물기를 뺀 것도 위풍을 자랑한다. 커다란 체에 가득 담겼으니 가볍게 3킬로그램은 되지 않을까. 가게가 가까워서 신선하거니와 박력 있어 상차림 효과가 만점이다. 축제 때만 볼 수 있는 고정된 향토요리가 아니라 집집마다 자신들만의 특제 요리로 손님을 맞는 모양이다.

나는 비지 샐러드와 연근 난반즈케고기나 생선 튀김에 파나 고추를 넣고 단 식초에 무친 요리, 평소보다 삼삼하게 간을 맞춘 톳조림을 만들었다. 단무지, 차조기 잎, 생강을 채 썰어 깨를 버무려 간장과 술로 간을 맞춘 '가쿠야'라는 요리도 만들었다. 귤 껍질도 채 썰어 넣었더니 반응이 좋았다. 니가타에서 오신 분이 "이건 우리 고향에서도 틀림없이 유행할 것 같아요. 나도 집에 가서 만들어봐야지" 하고 좋아해주셨다. 그 밖에는 톳과 무를 넣은 문어 마리네. 아스카 씨가 미리 보여준 메뉴에 주연급 요리가 많기에 나는 되도록 가볍게 곁들일 조연급에 치중했다. 장시간 내놓고 먹을 수 있는 음식, 쉽게 물리지 않는 담백한 음식이 좋을 것 같았다.

손님은 너끈히 백 명은 됐지 싶다. 동네 이웃부터 축제에 맞춰 귀성한 사람에 그 친구들까지, 아무튼 끊임없이 드나들었다. 아스카 씨 댁도 그렇고 이튿날 방문한 몇 군데 댁도 그렇고, 집을 지을 때부터 아예 일 년에 한 번인 쿤치를 위해 널찍한 방을 따로 만드는 것 같았다. 식기도 넉넉해서 얼추 스무 명 둘러앉아도 전원에게 앞접시, 간장 접시가 충분히 돌아간다. 그릇을 이렇게나 많이 갖고 있다고요? 쿤치의 날 딱 하루 쓰자고? ……가라쓰 사람들에게 쿤치가 얼마나 중요한 행사인지 가늠할 수 있었다.

전날 준비는 여덟 명쯤 같이 했는데, 떠들썩한 것이 이미 축제 분위기다. 요리가 서툰 사람은 묵묵히 마늘만 까는 신세지만. 아스카 씨가 간 좀 봐달라기에 큼직한 냄비에서 먹음직스럽게 익어가는 지쿠젠니를 한 입 먹어봤다. 눈이 번쩍 떠졌다. 맛이 전혀 다르잖아! 달지 않고 담백해! 그래서인지 재료의 맛이 강하게 느껴진다. 알고 보니 조미료는 간장과 술이 중심이고 단맛은 딱히 첨가하지 않는단다. 밥 없이 맨입에 먹을 수 있는 지쿠젠니. 신선한 발견이었다. 그때까지 '지쿠젠니는 이런 맛' '니쿠자가는 저런 맛'이라는 고정 관념을 품고 있었음을 깨달았다. 레시피를 전달할 때는 스탠더드한 맛이 좋을지 몰라도 집밥은 모험심을 가져도 좋겠다.

첫날은 아스카 씨 댁에서 낮부터 꼬박 자정까지 먹고 마시고 손님을 맞았다. 둘째 날은 부모님 대부터 교류가 있다는 댁을 방문했다. 그 댁의 손님상은 자바리 조림이 메인이었다. 자바리는 워낙 커서 가정에서 조리기 힘들어 생선가게에 의뢰한단다. 드럼통을 반으로 잘라 냄비로 쓴다니 뭐. 쿤치는 전야제도 있어서 낮에는 마을 전체가 술렁거린다. 마을 축제가 끝난 후 생선가게가 드럼통을 길에 내놓고 조려준다. 규슈를 대표하는 생선인 만큼 자바리를 준비하는 집이 많은 듯했다. 그 밖에 통째 튀겨 달콤새콤하게 절인 작은 도미, 유부초밥, 커다란 달걀말이가 들어간 마키즈시_{김에 말아 만드는 초밥}, 샌드위치와 로스트비프, 말차 국수 샐러드. 파티 때 흔히 보는 오르되브르 비슷하게 담아낸 모둠 요리 등등.

나중에 나도 따라 해봐야지 했던 것이 가와시마 두부점에서 먹었던 요리다. 끓는 물에 잠깐 넣었다 건져 채 썬 잉어 껍질, 슬라이스 양파, 레몬그라스를 큰 접시에 아름답게 담아 내놓으면 각자 접시에 덜어 단지에 담긴 초된장을 찍어 먹는다. 미리 초된장을 섞어두면 수분이 나와서 흥건해지니까, 훌륭한 아이디어다.

가라쓰쿤치에서 인상적이었던 것은 손님을 접대하는 사람들의 바닥 모를 파워다. 기력, 체력은 물론이고 비용도 서비스 정신도 최대급이다. 일 년에 한 번 찾아오는 이날을 맘껏 즐기자는 마음이 담겨 있다. 한없이 넉넉한 '손님맞이 마

음'에 감사하고 압도당하고, 나도 더 노력해야겠다고 생각
했다.

긴타로 사탕과 바르셀로나 사탕

'가는 길' 캠페인이란 걸 혼자 실천하는 중이다.

마흔 살을 넘긴 무렵부터 시간이 어찌나 빨리 가는지. 연말에 일 년이 그야말로 쏜살같다고 한탄하다가 해결책을 발견했다. 어디든 초행길일 때 '가는 길'은 한참 걸려도 '오는 길'은 의외로 짧았던 경험 없으신가요. 요컨대 익숙하지 않은 일, 처음 해보는 일을 할 때는 시간이 길게 느껴진다. 신선하고 기억에 남는다. 그러니까 '가는 길'을 최대한 많이 만들면 그만큼 일 년이 길고 충실하지 않을까. 안 해봤으니까 안 한다, 가 아니라 안 해봤으니까 도전한다. 그것이 '가는 길' 캠페인이다.

그 캠페인의 일환으로 파리에서 친구가 운영하는 샴페인 바를 빌려 '사흘 한정' 식당을 열었다. 내가 메뉴를 고안하고 가게 셰프의 도움을 받아 준비부터 요리 만들기까지. 열 테이블씩 하루 두 번, 스무 그룹만 손님을 받기로 했다. 메뉴는 일본 가정식. 파리에 고급 일식당은 있어도 평범한 밥집은 드물다고 들었다. 메뉴는 닭튀김, 초절임 고등어 토치구이 마리네, 크로켓, 무말랭이 무침 등인데, 엄연한 '영업'이므로 고심하여 이런저런 시도를 해보았다. 이를테면 무말랭이 무침은 샴페인에도 어울리게 올리브오일을 살짝 둘러 마무리하고 산초 가루로 악센트를 준다든지, 디저트로 흑설탕 가린토밀가루와 물엿을 반죽해 튀겨 설탕을 버무린 과자를 쓴 말차 티라미수를 내놓는다든지. 손님들이 아주 좋아해주셨다. 예약도 없이 당일 찾아온 현지인들도 '트레 봉'아주 맛있다을 연발했다. 가정식은 꾸준히 만들어왔지만 정식으로 배운 적이 없어서 전문 요리인 앞에서는 주눅이 들곤 했는데, 이국땅에서 칭찬을 받은 덕에 자신을 좀 얻었다. 앞으로도 이대로 해나가면 되겠다는 생각이 들었다. '가는 길' 정신 덕분이다.

그건 그렇고 본격적인 사탕 얘기다. 파리에 '시모바시라霜柱'라는 사탕을 가져가려고 이세탄 백화점에서 구입했다. 식후의 차에 곁들일 생각이었다. '시모바시라'는 미야기의 사탕으로, 생김새가 말 그대로 서릿발이다. 공기를 적절히 머금어 식감이 사각거리고 입속에 넣으면 사르르 녹아버린다. 모양도 맛도 무척 섬세한 사탕이다. 직인이 일일이 수작업으로 만든 아름다운 자태에 파리 사람들도 감격하지 않을까.

이 '시모바시라'를 비롯해 귤(껍질 안의 흰 부분)을 설탕에 조려 만든 오키나와의 명과 '깃팡' 등 향토색 풍부한 사탕들이 전국 각지에 있다. 아키타 오다테에서는 2월에 '아멧코이치'라는 축제가 열린다. '층층나무' 가지에 사탕을 매달아 벼이삭 대신 신전에 공양한 것이 시초로, 사탕을 먹어 나쁜 기운을 물리쳤다고 한다. 나가노 현 마쓰모토에도 1월에 '마쓰모토 사탕 시장'이라는 전통 행사가 있다. 이쪽은 '적에게 소금을 보낸다'소금이 없어 곤란한 적에게 소금을 보냈다는 일화에서 온 표현으로, 숙적을 돕는다는 뜻는 고사에서 유래하는데, 옛날에는 '소금 시장'이던 것이 언제부턴가 사탕 시장이 되었단다.

일본을 대표하는 전통 사탕으로 '긴타로 사탕'일본 옛날이야기의 주인공 긴타로의 얼굴을 새긴 수제 사탕을 들 수 있는데, 도쿄 네즈에 다이쇼 시대부터 이어지는 가게가 있다. '고이시카와 긴타로아메'라는 그 가게에 다녀왔다(원래 고이시카와에 있다가 1996년 네즈 신사에서 가까운 현재 장소로 이전했다). 주인은 고등학교 졸업 후 후쿠이를 떠나 이 댁 양자로 들어온 이래 육십 년 남짓, 긴타로 사탕을 비롯한 갖가지 수제 사탕 외길을 걸어온 너그러운 인상의 할아버지다. 이 집 긴타로 사탕은 약간 무른 편인데 "처음부터 깨물지 말고요, 이에 달라붙으면 때운 게 빠질 수도 있으니까"라고 친절하게 일러주셨다. 내가 갔을 때는 마침 완성해 조그맣게 자른 사탕을 하나하나 셀로판지로 포장하는 중이었다. "치매 방지 겸해서 하네요"라며 할아버지가 웃었다. 두껍고 뜨거운 사탕을 가늘고

길게 늘여 균일하게 자르는 작업은 상당한 힘이 필요하다. 계절과 기온에 따라 사탕의 온도와 굳기를 미묘하게 조절하자면 숙련된 직인이 되어야 한다.

이 긴타로 사탕들, 아무튼 표정이 좋다. 주인 할아버지의 수작업인지라 사탕 속 얼굴빛이 조금씩 다른데, 귀엽고 따스해서 보고만 있어도 마음이 훈훈해진다. 겸허하고 차분한 할아버지의 인품이 긴타로 얼굴에 그대로 드러난다. 물론 겸손은 겸손이고, 사탕에 대한 자신감과 애정만은 만만치 않다. 긴타로 사탕 말고도 살구 사탕, 콩고물 사탕도 맛있다고 추천해주셨다.

수제 사탕이라 백화점이나 슈퍼마켓에서 유통되지 않는 점도 매력이다. 발품을 팔아야 손에 들어오는 제품인 만큼 선물하면 환영받는다. 가게를 나오려는데 할아버지 할머니와 함께 들어온 꼬마 손님이 콩고물 사탕을 백오십 엔어치 샀다. 산책 때마다 어김없이 들른다고 할머니가 귀띔해주었다. 그야말로 좋은 옛 시절을 추억하게 하는 개인 상점이다. 할아버지 같은 직인이 되고 싶다고 생각했다. 부지런히 수련하고 정성껏 할 일을 하는 직인.

다이쇼 시대부터 내려오는 사탕 가게를 다녀온 김에 당시의 직인은 어떤 식사를 했을까 찾아봤다. 다이쇼 시대에 발행된 요리책의 레시피 가운데 두 가지를 소개한다.

가지 쓰쿠모니 <small>에히메 현 향토요리</small>(2인분)

물 250cc에 다시마와 마른 멸치를 넣고 끓인다. 국물이 우러나면 다시마를 꺼내고 간장과 미림을 1큰술씩 넣는다. 한 입 크기로 썬 가지 두 개를 국물에 넣어 조린다. 2개분 달걀물을 둘러 넣고 반쯤 익으면 불을 끈다. 마른 멸치가 없으면 가쓰오부시로 대체해도 괜찮을 것 같다.

식초 전갱이 찜(2인분)

전갱이 두 마리를 각각 세 장으로 떠서 굵은 소금을 1작은술 뿌린다. 15분 두었다가 물에 씻어 비닐 주머니에 식초 100cc와 함께 넣어 다시 10분 놔둔 다음, 물기를 가볍게 닦아낸 뒤 생선 그릴에서 굽는다. 무즙을 곁들인다. 개운해서 별미랍니다.

    명물 사탕은 일본에만 있는 것이 아니다. 긴타로 사탕 전문점을 다녀오고 나서 '서양풍' 긴타로 사탕 가게라 할, 바르셀로나에 본점이 있는 '파파버블'도 가봤다. 가게가 신주쿠나 긴자가 아니라 도심에서 조금 떨어진 아라이야쿠시에 있다. 바르셀로나 본점도 시내를 살짝 벗어난 곳에 있다는데,

군이 발품을 팔아 가게를 찾아가는 일도 즐겨달라는 오너의 철학이 반영된 듯하다. 이 집 사탕은 포도, 버찌, 파인애플, 딸기 등 과일 모양이 메인이다. 무늬가 얼마나 섬세하고 귀여운지. 맛도 또렷하고 아삭한 식감도 즐겁다.

직인 청년 세 명이 팀을 이루어 가게에서 직접 사탕을 만들고 있었다. 걸쭉한 사탕 원액에 여러 색을 입혀 반죽을 치대어 통나무처럼 만들고, 그것을 차츰차츰 가늘게 늘려 나간다. 박자를 맞춰 구호를 외치거나 사탕 반죽을 높이 쳐들어 다채로운 퍼포먼스를 보여주는 것이 꼭 디즈니랜드라도 온 기분이다. 어떤 무늬가 완성될까 기대하며 시간 가는 줄 모르고 구경했다. 도중에 궁금한 점을 물으면 곧바로 쾌활한 대답이 돌아온다. 온도나 굳기를 맞추자면 집중력이 필요할 텐데 조금도 내색하지 않는다. 왕성한 서비스 정신에 감탄이 나온다. 백화점에 진열된 상품을 집어올 때와는 다른, 다소 가기 불편한 동네까지 군이 찾아가 직인들의 퍼포먼스를 구경하고 대화도 하는 즐거움을 새삼 느낀다(나중에 백화점에도 출점했다).

'고이시카와 긴타로아메'도 '파파버블'도 사탕을 사랑하는 신구新舊 직인들과 만날 수 있는 가게니까 더 많은 사람들이 가보면 좋겠다. 나는 두 가게에서 도합 서른 봉지 넘게 샀지 뭔가. 뭐든 두 개씩 사는 버릇이 있는지라. 이거 맛있다 싶으면 주위 사람들에게도 맛보이고 싶다. 함께 일하는 스태프나 조만간 만날 사람의 얼굴이 떠올라 주섬주섬 사고 만다. 좋은 것을 발견하면 소문을 내고 싶어진다. 맛있는 것은 나누고 싶어진다. 입소문이 나서 가게를 찾아가는 사람들이 더 많아지면 좋겠다고 생각한다. 미지의 가게를 발품을 팔아 찾아가는 일은 '가는 길' 캠페인과도 통하니까요.

와카야마 에키벤과 숙소에서 먹는 밥

꽤 오래 전(2011년경)부터 와카야마의 '매실 식초'에 빠져 있다. 우메보시매실을 말려 차조기 잎을 넣고 소금에 절인 식품를 담글 때 나오는 이 매실액, 아무튼 만능이다. 닭튀김을 비롯해 갖가지 튀김, 돼지고기 조림, 고기 구울 때 폭 넓게 활약한다. 매실 식초의 존재를 안 것은 줄곧 거래하던 토마토 농가에 취재차 찾아갔을 때다. 와카야마에서는 좌우지간 우메보시를 많이 담그니까 매실 식초도 많이 나온다. 그것을 살린 요리를 연구하는 아주머니들이 이것저것 가르쳐주셨다.

그때 관광협회에서 일하시는 분과 알게 됐는데, 와카야마의 식재료를 전국에 소개하는 캠페인의 일환으로 에키벤기차 역 등에서 파는 도시락. 주로 지역 특산물을 살린 메뉴가 많다과 숙소에서 먹는 밥일본의 전통 료칸은 대개 아침과 저녁을 제공한다 레시피를 만들어보면 어떠냐는 제안을 받았다. 내가 덥석 맡아도 되는 일인가 불안하기도 했지만, 일이나 개인적 용건으로(하이쿠 소재를 찾아 구마노고도 순례길과 고야 산을 방문했다) 몇 번 드

나드는 사이 와카야마의 어패류와 채소, 긴잔지 된장와카야
마 현, 지바 현, 시즈오카 현에서 생산되는 된장. 보통 된장과 달리 주로 반찬이
나 안주로 먹는다, 꽁치 초밥, 고야 두부두부를 동결시켜 저온 숙성한 후
건조시킨 보존 식품. 대개 물에 불려 조려 먹는다 등 정말 맛있는 먹을거
리를 만났고, 그 매력을 전하고픈 욕심에 결국 받아들였다.

무엇보다 신토불이 소재를 심플하게 맛보는 레시피를 고
안하고 싶었다. 그리하여 도달한 에키벤이 '메하리즈시 도
시락'과 '매실 지라시 도시락'이다.

메하리즈시는 와카야마 명물로, 갓절임 주먹밥이라 생각
하면 된다. 여러 재료를 섞은 흰밥을 얼간한 갓으로 싸서 만
든다. 입을 크게 벌려 먹느라 눈도 덩달아 커져서 이런 이름
이 붙었단다일본어 '메하리'는 눈을 크게 뜬다는 뜻. 밥에 들어가는
재료는 특산인 잔멸치와 포도 산초산초의 품명. 열매가 포도송이처
럼 열려서 붙은 이름 가루를 깔끔하게 조린 것, 가쓰오부시와 우
메보시를 섞은 것 두 종류다. 반찬은 매실 식초에 절여 밑간
을 한 전갱이 튀김을 마요네즈와 긴잔지 된장으로 만든 타
르타르풍 소스에 곁들였다. 뿌리채소와 고야 두부 우메보시
조림은 매실이 풍미를 내주는 정도에 그쳐 신맛이 썩 강하
지 않다. 그리고 와카야마의 향토 요리 '스롯포'채 썬 무와 당근
을 유부와 함께 조린 요리.

'매실 지라시 도시락'은 구운 고등어 뼈를 우린 국물에 고

등어 살, 뿌리채소, 곤약, 유부 등을 넣어 달콤새콤하게 조린 재료를 무친 일종의 비빔초밥이다. 밥 위에 우메보시와 달걀을 흩뿌린다. 그 밖에 나마후 밀가루에 물을 넣고 반죽해 추출한 글루텐 성분을 찐 식품 데리야키(산초 가루를 뿌려), 튀김옷을 입히지 않은 토란과 꽈리고추 튀김을 얹는다.

숙소 밥은 와카야마 현 내 열 군데 남짓한 호텔과 료칸에서 제공한다는데, 각 영업장마다 원가도 다르고 일하는 방식도 다르니까 내가 고안한 메뉴를 기본으로 자유로이 조합해 내놓게끔 했다.

아침 메인은 말린 전갱이 매실 식초 구이. 전갱이는 일반적으로 소금물에 절여 말리는데 나는 매실 식초에 절이기로 했다. 그 밖에 달걀말이 토마토 국물 안가케 칡갈분으로 만든 걸쭉한 양념장의 일종. 일반적으로 요리에 넉넉히 끼얹어 먹는다, 참치와 레몬그라스와 양상추를 넣은 수제 샐러드(와카야마 특산 혼합식초에 생강즙 드레싱을 뿌려), 시금치 두부 무침, 잔멸치를 넣은 아사즈케 등. 기본은 흰밥이지만 마지막에 삼삼한 맛국물로 우린 호지차 차나무 잎을 볶아 만든 차에 말아 먹는다. 와카야마는 호지차로 끓인 차죽이 유명해서 그 맛을 참고로 했다.

저녁은 소재를 살리는 데 중점을 두었다. 지방 료칸에 묵을 때면 손이 많이 간 요리보다 담백하게 데친 생선이나 갓 따온 채소를 심플하게 맛보고 싶다고 생각하곤 했다. 요리인 입장에서는 아니, 이렇게 손 안 대고 내놔도 되나? 이런 걸 손님이 기뻐한다고? 하고 반신반의할지 모르지만.

우선 생선은 갈치 데침. 소금과 다시마만 넣어 살짝 데친 갈치에 산즈(레몬보다 맛이 부드러운 감귤류)와 무즙, 생강즙을 듬뿍 곁들인다. 간장의 발상지답게 와카야마 간장을 뿌려 심플하게 먹는다. 야마가타에 갔을 때 배운 조리법을 적용해봤다. 낯선 생선은 특히 조리법이 고민스럽기 마련이다. 달콤짭짤하게 조릴까, 튀길까, 구울까. 일단 생선 본연의 맛을 느끼려면 데치는 것이 좋은 조리법이다. 그리고 절대 빼놓을 수 없는 메뉴가 매실 식초로 간을 맞춘 닭튀김. 이것 말고도 얇게 썬 표고버섯과 가리비 한 쪽을 넣어 매실 식초로 밑간을 해 튀긴 돼지고기. 말린 꽁치 한 조각. 이건 와카야마 명물인데, 숙소에서 맛보고 마음에 들면 돌아갈 때 구입해도 좋으리라. 그 밖에 아보카도와 긴토키 당근색이 붉고 살이 연하며 단맛이 강한 당근 무침, 다분히 어른 입맛을 겨냥한 겨자 초된장을 얹은 무와 가리비 샐러드, 그 고장 특산 생선회 등. 전골은 세 종류 가운데 고를 수 있도록 했다. 술지게미 전골과 구마노 소고기 샤브샤브와 마파두부풍 전골 '와카야마파'(와카야마의 산초 가루와 식재료를 풍부하게 사용해서 이런 이름을 붙였다).

숙소에서 먹는 밥의 메뉴를 고안하는 일은 의외로 어려웠다. 보통 온천 료칸의 정석 메뉴에는 조림과 튀김, 몇 가지 전채 요리가 들어간다. 그런 '업계의 상식'을 어느 선까지 유지해야 할지 고민이었는데, 스태프 한 분이 "꼭 료칸답지 않아도 됩니다, 이이지마 씨다운 가정적인 메뉴면 돼요"라고 말해주었다. 아무튼 와카야마를 찾아준 사람들이 와카야마의 식재료를 맛있게 먹어주기를 바랐다. 양도 신경 썼다. 하나하나를 비교적 소량으로 내놓아 메인 요리로 넘어가기 전에 배가 차버리는 사태를 방지하고자 했다.

드디어 닥친 메뉴 시식 날. 지배인, 요리장, 접객 스태프 등 서른 명쯤 모여 뷔페 형식으로 늘어놓은 요리를 맛본다. 요리장으로 말하면 조리장에서 뼈가 굵은 프로 중의 프로다. 어떤 반응일까 두근두근했는데, 닭튀김은 우린 돼지고기로 하고 싶어, 아니 흰 살 생선도 좋겠는데 등 참신한 아이디어가 쏟아졌다. 나도 각 영업장 사정에 맞춰 자유로이 조합하거나 변화를 주면 된다는 뜻을 전했다.

메뉴를 고안하면서 내가 '손님 대표'라는 마음을 잊지 않았다. 본바닥 사람보다 관광객 입장에서 먹어보고 싶은 요리를 염두에 두었다. 토박이들에게는 너무 당연해서 손님상에 올릴 생각도 못 한 요리가 실은 더 환영받거나 한다. 좋은 기억을 안고 식재료를 사서 돌아가 집에서도 만들어볼 수 있는 심플한 메뉴. 여행지에서 맛있었던 음식은 가족에게도

맛보이고 싶어지니까. 관광협회 홈페이지에 레시피도 일부
공개한다니 매실 식초 등 이런저런 식재료를 구입해 도전해
보시기 바랍니다(현재는 공개 종료).

간단하고 맛있는 와카야마 레시피를 소개한다.

초된장을 얹은 가리비와 무

[재료] (2인분)

가리비 2장(막대 썰기), 굵은 소금 적당량

무 120g(막대 썰기), 굵은 소금 1/3작은술

래디시적환무 1개(슬라이스)

차조기 잎 1장

마요네즈 1/2큰술

초된장   이긴 된장 2큰술

　　　　겨자 1/2작은술

　　　　식초 1큰술

※이긴 된장은 백된장 3큰술, 알코올을 날린 미림 2큰술,
설탕 1 1/2큰술로 만든다.

만드는 법

1　가리비에 굵은 소금을 뿌려 살짝 데쳐 자른다. 무를 썰

어 소금을 뿌린다.

2   볼에 물기를 닦은 가리비, 무, 래디시, 차조기 잎(채 썬
    것)을 넣고 마요네즈로 가볍게 무친다.

3   그릇에 담고 초된장을 얹는다.

※   굵은 소금을 뿌린 무와 데친 가리비는 키친타월로 수분을 말끔히 제거
    한다.

매실 식초 닭튀김

[재료] (4인분)

닭다리 2개(500~600g)

A   매실식초 50cc

      술 25cc

달걀물 달걀 1개분

쌀가루(혹은 녹말가루) 3-4큰술

튀김 기름 적당량

만드는 법

1   닭다리를 먹기 좋은 크기로 썰어 볼에 넣고, A를 고기
    가 잠길 정도로 부어 5분 담갔다가 체에 걸러 수분을
    제거한다.

2 볼에 닭다리와 달걀물을 넣고 비무린 다음 쌀가루를 넣
  어 섞는다.

3 170°C 기름에 2분 튀겨 건져서 5분 됐다가 175-180°C
  로 다시 2-3분 튀겨 기름을 뺀다.

술지게미 전골

재료 (4인분)

전골 재료   대파 1개(어슷하게 썬다)

            우엉 1/2개(조릿대잎 모양으로 썬다)

            유부 1장(세로로 절반 잘라 6-8등분한다)

            얇게 썬 돼지고기 로스 12장(어깨 로스도 가능)

            미나리 1다발(4cm 길이로 썬다)

국물 재료   맛국물 1200cc

            미림 조금

            백된장 80-100g(와카야마의 마루카 '시로미소白
            みそ' 사용)

            술지게미 120g(페이스트 상태의 제품 사용)

만드는 법

1 국물을 합쳐 한소끔 끓인다(간은 엷은 간장이나 굵은 소금

으로 맞춘다).

2   돌냄비에 재료와 국물을 넣고, 먹기 직전 불에 올린다.

채소절임 이모저모

　요즘엔 아마 드물지 싶은데, 내가 어릴 때는 날이 추워지면 각 가정마다 겨울 한철 먹을 배추를 절여 마당에 보존했다. 우리 집 배추 절이기 담당은 아버지였다. 저녁 먹을 때 추운 바깥 창고로 가서 절인 배추를 꺼내오는 일도 아버지 몫이었다. 썩 꼼꼼히 만들었다고는 할 수 없는 아버지의 배추절임은 심 부분이 심심해서 나는 잎사귀 부분만 골라 먹었다. 어느 날 이웃집에서 배추절임을 얻어왔는데, 심도 적당히 짭짤해서 맛있었다. 배추절임 하나도 집집마다 맛이 다르다는 걸 배웠다.

　배추절임 얘기가 나왔으니 말인데, 집 근처 슈퍼마켓에서 살짝 특이한 절임을 발견한 이래 푹 빠져 있다. 소금으로 한 번만 절인 것이 아니라 도중에 몇 번 물을 갈아주며 잘 숙성시킨 제품이다. 유산 발효가 진행되어 신맛이 꽤 강하고 감칠맛이 있는데 의외로 짠맛은 덜하다. 사워크라우트독일과 프랑스 알자스 지방에서 많이 먹는 신 양배추와 좀 비슷해서 소시지에 곁들여도 좋지 싶다. 그 밖에 생배추 대신 전골에 넣는 것도 추천한다. 시판 닭 육수에 송송 썬 배추절임을 듬뿍 넣어 끓이다 소금으로 간을 맞춘다. 다른 재료는 심플하게 돼지고기 삼겹살과 대파만 있어도 충분하다. 맛이 확 깊어진다. 통배추를 사지 않아도 되니 장보기도 편하고, 소수 인원이 전골을 즐길 때도 좋다.

채소절임은 한 팩 사면 대개 유통기한 안에 다 먹기 힘들다. 나는 처음엔 그대로 먹다가 남을 조짐이 보이면 전골에 넣거나 소소한 변화를 주어 요리에 활용한다. 이를테면 시바즈케가지나 오이에 붉은 차조기 잎을 넣어 소금에 절인 것는 타르타르 소스로 변신한다. 송송 썬 시바즈케에 다진 양파, 마요네즈, 귤즙만 넣으면 완성이다. 시바즈케의 염분으로 충분해서 소금은 필요 없다. 볶음밥도 소금 대신 시바즈케나 단무지를 넣어보시기를. 식감이 한결 좋아진다.

지방에 가면 향토색 풍부한 채소절임이 많아서 또 주섬주섬 대량 구입하고 만다.

아키타의 이부리갓코채소를 훈연 건조해 만드는 절임. 어릴 때 처음 먹어보고 이건 무슨 맛이지, 하고 놀랐던 기억이 있는데 지금은 무척 좋아한다. 옛 도호쿠 지방은 집에 흙바닥이 있어서, 말린 단무지를 천장에서 화로 위로 내려뜨려 만들었다고 한다. 요즘은 흙바닥을 갖춘 집이 많지 않아 가정에서 만드는 일도 예전만 하지 않단다. 최근에는 술집에서 안주로 내놓기도 하는데 크림치즈를 얹어 먹으면 별미다. 훈제 치즈와 풍미가 비슷하고 식감도 재미있다.

교토의 센마이즈케앏게 썬 순무를 유산 발효시킨 황백색 절임. 현대에는 초절임한 것을 가리킨다라는 발효법과 식초 절임법 두 종류가 있는데 나는 발효법 쪽을 좋아한다. 특히 '무라카미주혼텐村上重本店'이라는 오랜 전통을 이어온 가게의 센마이즈케는 순무를 소금과 다시마만으로 절여 각별히 맛있다. 센마이즈케는 오래 보존할 수 없고, 시장에 나오는 기간도 짧아 구매욕이 더욱 상승한다. 거기다 그 동그란 모양도 뭔지 마음을 끌어당기지 않나요?

나라의 명산품 나라즈케울외를 소금과 술지게미에 절인 것는 어른이 되고 나서 맛에 눈을 뜬 품목이다. 이것은 타르타르소스를 만들어 활용하면 제격이다. 달큼한 맛이 나서 차 마실 때 곁들여도 좋다. 그 밖에 술지게미로 절이는 식품으로 말하면 와사비즈케잘게 썬 와사비 잎, 줄기, 뿌리를 술지게미에 절인 식품. 시즈오카가 유명한데, 언젠가 나가노에서 먹었던 다갈색의 된장 와사비즈케도 맛이 훌륭했다. 와사비즈케는 조만간 프랑스 요리 쪽으로 진출하지 않을까. 지금 프랑스에서는 산초 가루, 매실, 다시마가 붐인데, 다음 타자는 와사비즈케일

지도 모른다고 내심 내다보고 있다.

후쿠오카 명산품 갓절임은 요리에 활용하는 대표 주자다. 참기름과 궁합이 좋아, 볶아서 라면에 얹거나 갓볶음밥을 만들거나 한다. 식초 감각으로 채소 조림이나 수프에 넣어도 좋다. 갓절임은 중국에서 들어온 듯한데, 본고장 중국은 볶음, 비빔면 등에 채소절임을 많이 사용한다.

아, 맞다, 카레에는 빠질 수 없는 후쿠진즈케福神漬け 소금에 절인 일곱 채소를 잘게 썰어 간장, 설탕, 맛술에 절인 것의 본고장이 도쿄라는 사실을 최근에야 알았다. 칠복신七福神에서 유래한 이름이라는데 무, 가지, 울외, 작두콩, 시소 열매, 생강, 표고버섯, 연근 등이 들어간다. 채소 절임의 재료는 대개 단품인데, 이렇게 많은 종류가 들어가다니 새삼 가깝고도 귀한 존재란 생각이 든다.

귀하기로 말하면 후쿠시마의 사고하치즈케三五八漬け다. 소금 3, 쌀누룩 5, 쌀 8의 도쿄채소 절임을 만들기 위해 누룩, 된장 등을 발효시킨 것에 절여서 이렇게 부른단다. 쌀은 먹고 남은 밥을 이용한다니 친환경적이랄까.

야마가타에 갔을 때 한 할머니 솜씨라는 맥주 절임을 처음 먹어봤다. 맥주, 소금, 설탕에 오이 따위를 절이는데, 설탕이 맥주 효모를 활발히 발효시켜 독특하게 맛있었다.

각지의 채소절임을 꼽자면 한이 없다. 대표는 역시 누카즈케쌀겨에 소금 등을 섞은 '누카도코'에 채소를 넣어 절인 일본의 대표적 발효 음식. 텔레비전 아침 연속 드라마 〈잘 먹었어요〉에서 대대로 내려온 할머니의 누카도코를 만든 적이 있다. 드라마가 끝나고 그대로 집으로 가져왔는데 여전히 활약중이다. 누카즈케는 손이 많이 가고 어렵다는 이미지가 있지만 실은 꽤 재미있다. 일본어 '손질하다'라는 표현은 누카도코에 바지런히 손을 넣어 섞어주는 데서 왔다고 한다.

우선 어려운 것이 온도다. 여름은 특히 발효가 엄청난 기세로 진행되니까 하루에 두 번쯤 필히 섞어줘야 한다. 바빠서 깜박할 것 같을 때는 냉장고에 넣는다. 제대로 섞어줄 자신이 있으면 상온에 둔다. 더울 때 계속 밖에 두면 말도 못하게 시어져 냄새를 피우는데, 그럴 때 겨자나 다카노쓰메작은 고추의 일종를 조금 넣으면 확 달라진다. 어지간히 시었는데 이제 보니 딱 좋은걸? 하는 체험을 할 수 있다. 뭔지 반려생물을 키우는 감각이라고 할까. 시간이 흐를수록 맛이 드니까 먹는 것도 일이다. 맛이 너무 들었다 싶으면 염분을 좀 빼고 다져서 볶음 요리에 섞으면 좋다. 신 것은 신 것대로 다 먹는 방법이 있다. 아사즈케로 하면 샐러드 감각으로 아삭아삭 많이 먹을 수 있다.

집에서 절이기로 말하면 요 몇 년 풋고추 누룩절임에 빠져 있다. 풋고추, 쌀누룩, 간장을 같은 비율로 해서 절이면 끝. 채소절임이라기보다 조미료 역할이랄까. 생채소도 버무리고, 구운 고기도 찍어 먹고, 중화 볶음요리에 넣거나 냉두부에 얹기도 한다. 삼 년 전에 절인 것은 맛깔난 쌈장에 가까워져서 애용중이다. 간단하고 오래 보존할 수 있어 식탁에 있으면 편리하다. 추천합니다!

일본의 채소절임은 종류도 많거니와 파고들수록 깊이가 있다. 역시 밥이 주식인 나라여서일까. 어차피 남을 텐데 아깝다고 주저하지 말고, 남으면 요리에 활용해 다채롭게 즐겨주시기를. 갓 지은 밥 위에 잔멸치와 다진 채소절임만 얹어도 그럴싸한 '비빔밥'이 된답니다.

마지막으로 채소절임을 활용한 레시피를 소개한다.

타르타르소스

재료 (만들기 쉬운 분량)

삶은 달걀 1개

시바즈케 50g

차조기 잎 2장

양파 1/8개

마요네즈 7큰술

굵은 소금 두 꼬집

후추 약간

귤즙 1/2큰술

※ **귤즙이 없으면 레몬즙도 가능.**

만드는 법

1   삶은 달걀, 시바즈케, 차조기 잎을 다진다. 양파는 다져
    서 물에 담갔다가 물기를 짠다.

2   볼에 1을 넣고 마요네즈, 굵은 소금, 후추, 귤즙을 추가
    해 섞는다.

배추절임 전골

재료 (4인분)

배추절임 300g(조금 신 것이 좋다. 보통 배추절임이면 식초
1큰술을 넣는다)

얇게 썬 돼지고기(삼겹살이나 어깨 로스) 250g

굴 200g

당면 50g

대파 2대

실파 3대

생강 1톨

두부, 부추, 버섯류(재료) 취향에 따라

두유, 두반장, 고수(고명) 취향에 따라

닭 육수 1500cc

굵은 소금 2작은술

만드는 법

1   배추절임은 먹기 좋은 크기로 썬다. 돼지고기는 절반
    길이로 자른다. 굴은 물에 깨끗이 씻는다. 당면은 미지
    근한 물에 불려 물기를 제거한다. 대파는 어슷썰기, 실
    파는 송송, 생강은 채썰기한다.

2   실파와 생강은 고명 접시에, 그 밖의 재료는 전골에 넣
    기 좋게 따로 담는다.

3   식탁에 불판을 준비하고, 돌냄비에 닭 육수와 굵은 소
    금을 넣어 끓이다가 재료를 넣는다. 취향에 따라 고명
    을 곁들인다.

※   **닭 육수는 500cc 정도 남겨두었다가 전골 맛이 진해지면 추가한다.**

※   **닭 육수를 분말제로 쓸 때는 소금을 덜 넣는 것이 좋다.**

맛국물의 세계

일본 음식의 기본은 역시 맛국물이라고 생각한다. 최근에는 과립이나 팩에 든 제품도 잘 나와서 매번 직접 우릴 필요는 없지만, '오늘은 제대로 솜씨 한 번 내보자' 할 때는 역시 맛국물부터 내는 것이 좋다. 맛국물을 우리면 냄새가 먼저 제 할 일을 한다. 손님이 집에 들어서는 순간 감칠맛 도는 그윽한 냄새가 코를 파고들어 식욕을 일깨운다. 그저 뜨거운 물이었던 것이 김을 뭉게뭉게 피워올리며 맛국물로 변해가는 과정을 눈과 코로 확인하노라면 일본 음식의 매력을 새삼 느낄 수 있다.

나는 평소 요리할 때나 일할 때나 맛국물은 반드시 우린다. 기본 요령은 우선 다시마를 물에 30분 이상 불려 약한 불에서 천천히 가열한다. 시간이 있을 때는 60°C 정도로 30분 이상 끓인다. 중요한 점은 꼭 맛을 본다는 것.

다시마를 건지고, 85-90°C 전후에 가쓰오부시를 넣어 2-3분 만에 거른다.

제대로 된 맛국물만 있으면 요리가 한결 간단해진다. 한 마디로 맛국물이라 해도 니보시작은 물고기를 삶아 말린 것의 총칭으로 주로 마른 멸치를 일컫는 경우가 많다, 가쓰오부시, 다시마를 비롯해 정진요리일본의 사찰요리에 쓰는 말린 표고버섯, 콩, 팥, 생채소까지 매우 다채롭다.

맛국물의 깊은 세계를 좀더 자세히 들여다보고 싶어 쓰키지를 찾았다. 장외 시장에서 제일 먼저 눈에 들어온 오랜 전통의 건어물 가게 '고토부키야 상점寿屋商店'. 이쪽은 60년쯤 됐고, 장내 시장에 지닌 생선 가게는 무려 6대째 이어지고 있단다. 니보시, 야키보시작은 물고기의 내장을 제거해 숯불 등으로 천천히 구워 말린 것만 해도 멸치, 전갱이, 작은 도미, 날치, 금태까지 다종다양한 제품이 산처럼 쌓여 있다. 주인장 말로는 좋은 맛국물을 내려면 니보시, 가쓰오부시, 다시마라는 3인 가족의 '조합'이 중요하단다. 이를테면 네 번 이상 곰팡이 균을 피워 만든 혼가레 가쓰오부시가 아버지라면 다시마가 어머니, 거기다 뭔가 살짝 보태고 싶을 때는 니보시를 약간 추가한다. 규슈 사람이라면 솜씨를 부려야 할 때는 날치가 아버지, 다시마가 어머니, 플러스알파로 가쓰오부시는 곰팡이 균을 피우지 않고 제조해 맛이 순한 아라부시를 선택할 것이란다. 맛국물은 요컨대 강약의 조합이다. 무엇을 앞장세울 것이냐 즉 우선순위라는 상승효과가 중요하다. 죄다 강하면

싸움이 일어난다.

니보시의 정석인 멸치도 가격이 천차만별이다. 주인장이 '좋다'는 제품도 500그램에 천백 엔, 천사백 엔, 천칠백삼십 엔 등 3단계나 된다. 제일 싼 (것이라고 해도 꽤 비싼) 것도 맛있지만 쓴맛이나 염분이 좀 느껴진다고 할까, 그래도 멸치가 이렇지 뭐 하고 납득할 수 있는 맛이었다. 그런데 주인이 '90점 이상'이라고 극찬한 고급 제품은 맛도 진하거니와 거슬리는 쓴맛이나 염분이 전혀 느껴지지 않았다. 이쪽은 물에 3시간만 담가둬도 맛국물이 우러난단다. 너무 붇기 전에 멸치를 건져 생강과 매실, 혹은 생강과 간장으로 매콤달콤하게 조려도 좋다. 맛국물을 우리고 난 가쓰오부시를 후리가케주로 생선, 김 등을 가루로 만들어 밥에 뿌려 먹는 식품로 만들어 먹는 일은 있어도 멸치를 재이용하는 일은 별로 없었는데. 기회가 되면 내 나름의 레시피로 시도해볼 생각이다. 고급 멸치는 쓴맛이 없어 굳이 머리나 내장을 제거할 필요가 없으니 외려 경제적인 셈이라고 주인장은 말했다.

멸치는 채소와 같이 조리면 건져내지 않아도 되니까 편리하다. 이를테면 무말랭이, 당근, 잔멸치를 찬물에 넣고 끓이다가 간장과 설탕으로 간만 맞추면 된다. 물론 잔멸치도 같이 먹는다. 톳도 같은 요령으로 조리면 맛있다.

맛국물을 내는 데는 사실 멸치가 제일 간편하다. 기왕이

면 약간 좋은 제품을 구입해 다시마와 같이 하룻밤 물에 담
갔다가 불에 올린다. 끓기 직전에 다시마를 꺼내고, 멸치는
넣은 채 둘 거면 펄펄 끓이지 말고 약불에서 보글보글 정도
가 좋다. 얼마나 조릴지는 간을 보고 정한다. 요컨대 맛국물
을 낼 때는 매번 간을 봐야 본인이 원하는 맛을 확실히 얻을
수 있다. 다시마 종류에 따라서도 맛이 달라져서 어, 지난번
엔 이 정도 우렸더니 꽤 진했는데 이번엔 싱겁네? 하고 고개
를 갸웃하는 일도 흔하다. 그럴 땐 시간이나 양을 늘려 조절
한다. 멸치와 다시마로 맛국물을 낼 때도 끓기 전에 일단 맛
을 봐야 한다. 그대로 걸러서 사용해도 괜찮을지, 한소끔 끓
여 거르는 게 좋을지 판단하기 위해서다. 아무튼 멸치나 다
시마, 가쓰오부시의 종류와 상태에 따라 다르므로 그때그
때 맛을 보는 것이 중요하다. 또한 좋은 제품을 사용하면 반
드시 맛있는 결과를 얻으니까 입맛과 취향에 맞는 최애품을
하나쯤 확보해두면 편하다.

건어물 가게 다음으로 향한 곳은 가쓰오부시를 취급하는
'아키야마 상점秋山商店'. 여기서는 가게에서 금방 깎은 제품
을 살 수 있다. 나무 상자에 폭신폭신한 게즈리부시가쓰오부시
를 얇게 깎아 사용하기 쉽게 만든 것가 듬뿍 들어 있어 외국인 관광
객이 흥미진진한 표정으로 맛을 보거나 한다.

검붉은 부분(핏기)을 제거한 제품과 제거하지 않은 제품이

나란히 놓여 있는데, 색깔부터 사뭇 다르다. 나도 맛을 비교해봤다. 검붉은 부분이 있는 제품은 신맛이 느껴지지만 맛이 짙고 깊이가 있다. 평소 된장국 등을 끓일 때는 이걸로 충분하지 싶다. 슈퍼마켓에서 흔히 보는 하나게즈리0.05mm 정도로 얇게 깎은 꽃잎 같은 가쓰오부시는 검붉은 부분이 들어간 제품이다. 검붉은 부분을 뺀 것은 좀 비싼 대신 맛이 투명할 만큼 섬세하다. 맑은 장국이나 설날 먹는 오조니일본식 떡국, 손님상에 올릴 채소 조림 등 특별한 요리를 만들 때는 이쪽을 추천한다. 쓰키지에서는 500그램 단위로 팔아서 대량으로 필요한 촬영 때 유용하다. 남는 건 공기를 빼서 냉동해두면 신선함을 유지할 수 있다. 상온에 보관하면 특히 검붉은 부분이 있는 제품은 산화해서 시고, 색도 핑크색에서 노란색, 갈색으로 변하니까 냉동 보관을 잊지 마시기를.

가쓰오부시 국물을 그대로 마시는 것도 최근 유행하는 모양이다. '마시는 맛국물'로 출시되는 티백 제품도 곧잘 눈에 띈다. 가쓰오부시 맛국물로 전통을 자랑하는 닌벤이 운영하는 니혼바시 '다시 바'에서는 한 잔 100엔에 가쓰오부시로만 우린 국물과 가쓰오부시와 다시마를 같이 우린 국물을 마실 수 있다. 비교해보면 다시마가 조금만 들어가도 확 다른 걸 알 수 있다. 상승효과다. 맛이 쑥 늘어나는 느낌이랄까. 취향에 따라 소금이나 간장을 넣는데, 소량의 소금만으로도 알기 쉽게 맛이 좋아진다. 염분도 섭취할 수 있으니 여름에 차 대신 마셔도 좋지 싶다.

본격적인 정진요리에서는 어패류를 일절 사용하지 않고 다시마 외에 말린 표고버섯, 박고지나 콩류로 맛국물을 낸다. 볶은 쌀을 넣어 오이가쓰오부시가쓰오부시로 우린 국물에 또 가쓰오부시를 넣는 일처럼 맛국물에 향을 더하기도 한다. 말린 채소는 훌륭한 맛국물을 내준다. 특히 무말랭이 불린 물은 어느 감미료 못지않게 달고, 말린 표고버섯은 장시간 물에 불리면 국물은 물론이고 표고버섯 자체도 확연히 맛있어진다. 말린 채소는 감칠맛이 응축되어 있다. 정진 맛국물로 채소를 조리면 어패류 맛국물보다 소재의 감칠맛과 단맛이 한결 살아난다. 깨, 호두, 된장을 으깨 정진 맛국물로 희석해 우동 장국으로 써도 맛있다.

이전에 겐친지루뿌리채소와 으깬 두부를 볶아 맑은 장국에 끓인 것 맛국물을 비교해본 적이 있다. 가쓰오부시+다시마 맛국물과 다시마만 우린 맛국물로 각각 겐친지루를 만들었다. 첫인상은 가쓰오부시+다시마 쪽이 혀에 감겨 맛있다. 계속 먹다 보면 다시마만 우린 쪽이 채소 자체의 맛이 짙다. 무의 달큼함이나 당근 맛이 뚜렷이 보인다. 가쓰오부시+다시마 맛국물은 맛이 전체적으로 깊어진다면 다시마 맛국물은 채소 하나하나의 맛이 산다고 할까. 건어물 가게 주인장 말마

따나 감칠맛이 진하다고 능사가 아니었다. 그때그때 어떤 맛을 내고 싶은지 고려해야 한다. 맛을 끌어내는 것은 '궁합'이니까.

맛국물은 건어물로 우리는 게 상식인 줄 알았는데 생채소도 쓴다는 걸 최근 텔레비전을 보고 알았다. 감자로 맛국물을 내는 나가노의 '오니가케 우동.' 감자 서너 개를 깨끗이 씻어 껍질째, 잠길 정도로 물을 부어 삶는다. 감자 샐러드 만들 때와 같은 요령이다. 30분쯤 익혀 감자를 꺼내고(이 감자는 감자대로 따로 사용한다) 그 물에 간장과 미림을 넣어 우동을 적셔 먹는다. 감자 삶은 물은 확실히 흙냄새가 난다고 할까 풍미와 냄새가 독특한데, 맛국물로 쓴다는 발상이 인상적이었다. 알고 보니 감자 데친 물로 된장국도 끓인단다. 유부, 양파를 넣고 달걀물로 마무리한다니 뭔지 맛있을 것 같다. 아스파라거스도 맛국물이 된다. 한번은 교토의 요리집에서 "이거 무슨 맛국물 같아요?" 하고 주인이 퀴즈를 냈는데, 가쓰오부시도 아니고 다시마도 아닌 거다. 처음 먹는 맛인데 아무튼 오묘하게 혀에 감긴다. 정답은 화이트 아스파라거스였다. 껍질의 단단한 부분을 깎아 끓인 국물에 아스파라거스 본체를 데쳐 살짝 소금 간을 했단다. 아스파라거스 껍질로 우린 맛국물이 채소의 감칠맛 성분이 빠져나가는 것을 막아 본연의 맛을 부활시킨다고 한다. 그 뒤로 나도 아스파라거스를 이따금 사용한다. 리소토 만들 때 어슷하게 썬 아스파라거스를 넣어 국물을 내면 풍미가 깊어진다.

한마디로 맛국물이라지만 실은 종류가 무척 다양하다. '맛국물＝다시마＋가쓰오부시'라는 공식에 얽매이지 말고 가볍게 모험도 해보시기를. 때로는 다소 비싸지만 물에 담 그기만 해도 되는 고급 니보시를 쓴다거나 잔멸치나 말린 채소도 시도해본다거나. 또 하나, 간장과 가쓰오부시, 다시 마 한 조각을 작은 병에 넣어두면 즉석 맛국물 간장이 된다. 우엉조림에 조금 넣으면 맛이 훅 깊어진다. 수고롭게 가쓰 오부시 맛국물을 우리지 않아도 되고 냉장고에 두면 꽤 오 래 간다. 이런 일에서부터 맛국물을 가까이 느끼면 좋겠다. 맛국물 우리기, 번거롭다고 지레 겁먹지 말고 한 번 도전해 보시면 어떨까요.

혼합 맛국물 내는 법

재료 (만들기 쉬운 분량)

가쓰오부시 15-20g(진하게 우릴 때는 25g)

다시마 약 5g

물 1000cc

만드는 법

1 냄비에 물과 다시마를 넣어 30분 놔둔다.

2 약한 중불에서 가열하다 끓기 직전(70-80°C)에 다시마를 꺼낸다. 85-90°C가 되면 불을 줄이고 가쓰오부시를 넣는다. 거품을 걷어내고 불을 꺼 1-2분 지나면 거른다.

멸치 맛국물 내는 법

재료 (만들기 쉬운 분량)

다시마 5g

마른 멸치 20마리

물 1000cc

만드는 법

냄비에 물, 다시마, 마른 멸치를 넣고 3시간 놔둔다.

두부 안가케밥

재료 (2-3인분)

연두부 1모

혼합 맛국물 500cc(다시마+가쓰오부시)

굵은 소금 1작은술

물에 녹인 녹말가루(녹말가루 1큰술, 물 2큰술)

달걀 2개

데친 소송채 적당량

생강 간 것 적당량

밥 2-3공기

만드는 법

1   냄비에 맛국물, 굵은 소금, 네모나게 썬 두부를 넣는다.
    끓으면 녹말물을 넣어 걸쭉하게 만든다. 소송채와 달걀
    물을 넣고 섞는다.

2   공기에 밥을 퍼 1을 끼얹고 생강 간 것을 곁들인다. 오
    차즈케 감각으로. 와사비나 산초 가루를 얹어도 좋다.

멸치 매실 조림

재료 (만들기 쉬운 분량)

맛국물을 우리고 건진 멸치 20마리

마른 멸치 2마리

A   물 150cc

     엷은 간장 1큰술

설탕 1작은술

우메보시 1개

만드는 법

맛국물을 우리고 건진 멸치, 마른 멸치, A를 냄비에 넣고, 국물이 줄어 맛이 배일 때까지 약불에 조린다.

가마쿠라, 잔멸치, 영화 현장

고시고에 산책

　4월 어느 날. 10시 조금 전에 신주쿠에서 출발하는 쇼난신주쿠라인 열차를 타고 가마쿠라에 다녀왔다. 목적은 고시고에의 잔멸치 직영매장 '가네코마루金子丸'. 내가 푸드 스타일리스트로 참여한 영화 〈바닷마을 다이어리〉에 등장하는 '잔멸치 토스트'에 쓸 잔멸치를 구입했던 곳이다.

　쇼난신주쿠라인의 쾌적한 그린 차(심지어 2층)2층 특실이 딸린 차량로 1시간쯤 달려 가마쿠라에 도착. 평일인데 제법 북적거리고 외국인 관광객도 눈에 많이 띈다. 우선 역에서 가까운 '가마쿠라 중앙 식품시장'으로 직행한다. 가마쿠라에 오면 반드시 들르는 곳이다. 매번 도착하자마자 주섬주섬 사는 바람에 짐이 늘어나 난처하지만, 문을 빨리 닫는지라 마음이 급하다. 여기서는 올 때마다 '이게 뭐지?' 하는 채소를 목격한다. 이번에도 생갓을 발견하고 냉큼 구입했다. 볶음이

나 수프를 만들면 맛있을 것 같다. 계절이 계절이라 잎채소가 풍성했다. 맛은 보통 버터헤드레터스와 크게 다를 성싶지 않지만 색깔과 생김새가 다채로워 눈길을 끈다. 가마쿠라는 채소를 풍부히 사용한 프렌치나 이탈리안 레스토랑이 많아 수요가 꽤 있을 터다. 껍질 붙은 죽순도 흔했는데, 이건 너무 무거워서 참았다.

모르는 채소의 조리법을 주인장에게 전수받는 즐거움도 쏠쏠하다. 입구에 자리 잡은 건어물 가게, 주인장 말주변이 어찌나 뛰어난지. 말린 불똥꼴뚜기와 건어물을 이것저것 샀다. 실은 말린 불똥꼴뚜기는 처음 봤는데, 주인장 말이 "요리법도 간단해요, 토란이랑 같이 조려보세요, 얼마나 맛있게요.""술에 절이면 영락없이 젓갈 맛이 난다니까요!""의외로 두루두루 쓸모가 많죠"라기에…… 하기는 갓하고 볶거나, 다져서 올리브오일에 절여 안초비풍으로 하거나, 처음부터 쌀이랑 같이 앉혀 밥을 지어도 좋겠다고 머릿속이 부산해졌다.

가마쿠라에서 에노덴가나가와 현 내 10km의 짧은 노선을 달리는 에노시마 전철을 타고 고시고에로 향한다. 작은 역에 내리자 '오늘 생잔멸치 들어왔습니다! 생잔멸치 덮밥 있어요!' 하고 카페 아저씨가 전단을 돌리고 있었다. 바닷가에 있는 가네코마루 상점에 가는 길에도 여기저기 '생잔멸치' '잔멸치 덮밥'의 깃발이 펄럭여 '잔멸치 기대감'이 최대치에 달한다. 사실 나는 슈퍼마켓에 가면 생선코너로 직행해 잔멸치부터 바구니에 담는 사람이다. 좌우지간 잔멸치 사랑이 유난하다. 냉장고에 잔멸치가 없으면 불안해진다(참고로 그 밖에 냉장고에 있으면 든든한 품목으로 양배추, 숙주, 낫토를 꼽을 수 있다).

영화 〈바닷마을 다이어리〉는 요시다 아키미 씨의 만화가 원작이다. 가마쿠라에 사는 가정 사정이 살짝 복잡한 네 자매 이야기로, 가마쿠라의 맛있는 음식과 사시사철 변화하는 도시의 정서도 영화에서 중요한 역할을 한다. 가네코마루에서는 촬영용 잔멸치도 조달했지만 실제로 로케도 했다. 막내 스즈 짱이 잔멸치 어업을 하는 동급생 집을 돕는 장면이다.

주인 가네코 씨에게 이야기를 들어봤다.

잔멸치 어업은 해마다 대개 3월 11일에 해금된다. 매일 아침 5시 반에서 8시쯤까지 잡는데, 잡은 지 4시간 안에 데쳐야 맛있단다. 작업장에 설치된 대형 가마솥에서 2분이면 완성. 다 되면 그물에 펼치고 수제 대나무 도구로 살살 저어 섞는다. 예전에 생잔멸치가 남았기에 다음 날 데쳐봤더니 질척해져서 맛이 영 아니었다. 다음엔 '신선할 때' '2분'이라는 조건을 엄수해 시도해봐야겠다. 잔멸치가 많이 잡힌 날은 생으로 쓰거나 가마솥에 데치기 외에도 마른 멸치나 뱅어포 등으로 다양하게 가공한다. 잔멸치 마니아인 내 눈에는 매일 잔멸치에 둘러싸인 삶이 부러울 따름이지만, 주인 장 가네코 씨 말씀이 "별로 안 먹어요"란다. 잘 데쳐졌는지 한 입 맛보는 정도라고.

고시고에에서 잡히는 '모자반'을 주셔서 덥석 받았다. 미 역귀의 일종인데 점성이 더 강해서 나는 꽤 좋아한다. 실은 영화에서 아침 먹는 장면에 내놓고 싶었지만 계절이 안 맞 아 아키타에서 구해왔다. 아키타에서는 '기바사'로 통하며 친근한 식재료의 하나라고 한다. 나는 주로 맛국물 간장에 먹는데, 아키타에서는 초간장을 뿌려 밥에 얹어 먹는단다. 일순 '음? 밥에 초간장을?' 하고 고개를 갸웃했는데 실제로 먹어보니 의외로 맛이 깔끔했다.

'점심은 무조건 잔멸치 덮밥!' 이라니까 가네코 씨가 '시 라카와しら川'라는 식당을 추천해주셨다. 가는 길에 '전망대 에서 보는 바다가 최고'라기에 고유루기 신사에 들렀다. 조 붓한 신사의 경내 한구석에 있는 전망대에서 어항, 에노시 마, 바다가 한눈에 보인다. 한가롭고 기분 좋은 풍경이었다.

시라카와에서 점심으로 '2색 잔멸치 덮밥'과 '잔멸치 가키 아게잘게 썬 어패류, 채소 등을 밀가루 튀김옷에 묻혀 튀긴 것'를 먹었는 데 감동할 만큼 맛있었다. 2색 덮밥은 생잔멸치와 데친 잔멸 치가 반반인데, 그날 잡은 싱싱한 생잔멸치는 쓴맛이 없이 차지고, 가마솥에 데친 쪽은 폭신하고 부드럽다. 가키아게는 겉은 바삭하고 속은 한없이 촉촉하다. 주인장 말로는 튀길 때 기름이 요란하게 튀어서 탈이지 가키아게는 역시 생잔멸치를 따라갈 것이 없단다. 숟가락에 밥, 데친 잔멸치, 생잔멸치, 가키아게를 골고루 얹어 한 입에 넣으면 걸쭉하고 폭신하고 파삭하고…… 놀라운 식감의 초호화 세 가지 맛 덮밥이 된다.

흐뭇한 포만감을 느끼며 가게를 나와, 소화도 시킬 겸 근처에 있는 '가마쿠라야마낫토鎌倉山納豆' 본점에 들렀다. 평소 도쿄 슈퍼마켓에서도 늘 구입하는 이 집 낫토 역시 냉장고에 쟁여두는 품목이다. 가게 2층에 있는 공장에서 매일 만든다는데 굵은 알, 작은 알 등 사이즈도 다양하고 드라이 낫토도 눈에 띄어 또 욕심껏 사버렸다.

가네코마루에 가기 위해 에노덴에서 내린 고시고에. 평소에는 그냥 지나치는 곳이지만 알찬 즐길 거리가 많은 장소였다. 잔멸치를 원 없이 먹고, 고유루기 신사에서 평화로운 풍경을 감상하고, 최애 낫토도 샀다. 길가의 작은 생선 가게 진열창에 늘어선 먹음직스러운 반찬의 유혹을 못 이기고 미니 전갱이 튀김을 샀다. 걸으면서 하나둘 먹다 보니 한 봉지 다 비웠다. 어항 근처의 어업 협동조합에서 기본적으로 첫째, 셋째 목요일 오전 10시부터(계절에 따라 다르다) 아침 시장이 열린다는 말에 마음이 동했다. 7월의 고유루기 신사 축제 때는 가마를 진 행렬이 바다를 따라 걷는다니까 그것도 구경하고 싶어졌다. 가마쿠라 역 주변에 비하면 덜 붐벼서 산책하기 좋은 숨은 명소다.

우리 집 냉장고 상비품 잔멸치. '무즙을 곁들인 잔멸치'가 정석 메뉴지만 여기저기 출현 빈도가 높다.

'달걀로 덮은 잔멸치.'

시금치 등 채소와 잔멸치를 엷은 간장으로 간을 맞춘 맛국물로 한소끔 끓여 달걀물로 덮는다.

'잔멸치를 넣은 토마토 달걀 볶음.'

중화요리에 곧잘 등장하는 토마토 달걀 볶음에 잔멸치만 추가하면 끝.

'잔멸치밥.'

갓 지은 밥에 잔멸치를 아낌없이 넣고 씨를 발라낸 우메보시를 섞어주면 완성.

'잔멸치 간단 튀김.'

잔멸치와 햇양파를 얇게 썰어 박력분 반죽에 묻힌다. 가키아게는 만들기 번거로우니까 기름을 넉넉히 넣어 굽듯이 튀긴다.

'잔멸치와 양배추와 낫토 샐러드.'

채 썬 양배추에 낫토와 잔멸치를 넣고 맛국물 간장이나

폰즈, 올리브오일을 뿌려 섞는다. 김을 흩뿌려도 좋다. 볼륨 만점의 샐러드다.

'잔멸치 김말이풍.'

김에 현미밥(최근에는 한 번에 많이 지어 소분해둔다)을 펼치고, 그 위에 잔멸치를 놓은 다음 말지 않고 그냥 접는다. 먹기 쉬운 크기로 썰어 이소베야키생선이나 떡을 김에 말아 구운 요리 스타일로. 바쁜 아침, 간단한 식사 메뉴로도 제격이다.

영화 현장

푸드 스타일리스트로 처음 참여했던 영화가 〈카모메 식당〉이다. 그 후로 여러 작품에서 경험을 쌓을 기회가 있었다. 〈바닷마을 다이어리〉의 고레에다 히로카즈 감독과는 영화 〈그렇게 아버지가 된다〉, 연속 드라마 〈고잉 마이 홈〉에 이어 세 번째로 호흡을 맞추었다. 앞에 적은 '잔멸치 토스트' 외에도 '지쿠와면이 대나무처럼 뚫린 어묵 카레' '이사 국수와 가마쿠라 계절 야채 튀김' 등을 만들었다.

'잔멸치 토스트'는 간단해 보여도 실은 시행착오가 꽤 있었다. 우선 식빵을 구워 버터를 얇게 바른다. 올리브오일을 살짝 뿌리고, 데친 잔멸치를 빵에 올려 다시 토스터에서

30초쯤 데워 채 썬 김을 흩뿌린다. 이야기하면서 잔멸치 토스트를 먹는 장면인데 처음에 잔멸치를 그냥 얹기만 했더니 포슬포슬 떨어져버렸다. 그래서야 연기는커녕 먹기도 힘들다. 궁리 끝에 올리브오일을 뿌려 섞었더니 잔멸치끼리 엉겨 떨어지지 않았다. 신선한 올리브오일 풍미가 잔멸치와 은근히 잘 어울리고 향도 좋다.

당연하지만 원작 만화에 '잔멸치 토스트'의 레시피는 등장하지 않는다. 감독님도 특별한 요구 사항이 없어 혼자 상상력을 동원한다. 보기도 좋고 맛도 훌륭해야 하지만, 무엇보다 배우들의 연기와 어우러져야 한다. 맛만 좋으면 그만이 아니다. 테스터는 마요네즈나 머스터드도 써봤는데, 마요네즈는 잔멸치와는 맛이 좀 튀었다. 후추도 뿌려봤지만 김과 궁합이 좋지 않았다. 마침내 가닿은 올리브오일. 구운 빵에 잔멸치만 올린 토스트가 비로소 어엿한 요리로 완성됐다는 실감이 들었다.

영화 일은 여느 요리책의 요리들과는 달리 원작이 있으므로 그 세계에 맞는 요리를 만드는 것이 중요하다. 특히 〈바닷마을 다이어리〉나 〈심야식당〉(드라마도 있고 영화도 있다) 등은 원작이 만화다 보니 비주얼 이미지가 어느 정도 완성된 터라 식기 하나도 여간 신경쓰이지 않는다. 무슨 영문인지 평범한 가정의 식탁에 있을 법한 식기는 막상 찾으면 의외로 없다. 멋진 식기를 찾는 편이 차라리 쉽다. 그러니까 리사이클 숍이나 잡화점에서 옛날 분위기가 나는 냄비나 접시, 컵 등이 눈에 띄면 무조건 사두고 봐야 한다.

〈심야식당〉 때는 '심야식당' 마스터 입장에서 레시피를 고안했다. 아무래도 술 마시는 손님을 상대하니까 다소 취하더라도 맛있게 느껴지도록 간을 강하게 한다든지, 단맛보다 짠맛을 살짝 짙게 한다든지. 요리책으로도 출간했는데 이것도 '이이지마 나미'의 레시피가 아니라 '심야식당 마스터'의 맛을 추구했다.

영화 현장은 라이브 감각이다. 아무튼 현장 상황을 보면서 임기응변으로 대응해야 한다. 〈바닷마을 다이어리〉는 에노시마 식당에서 했던 촬영이 특히 인상에 남는다. 전갱이 튀김에 소스를 뿌려 한 입 먹는 장면을 몇 테이크나 거듭 찍어야 했다. 한 스무 번은 되지 않았을까. 갓 튀긴 전갱이 튀김을 내놓아야 하므로 '지금 튀길까?' '아직 빠른가?' 등등 분위기와 상황을 봐가며 타이밍을 가늠한다. 식재료도 무한정은 아니라 마냥 낭비할 수 없다. 제작진 쪽에서는 다섯 회분쯤 준비하면 된다고 했지만, 이상적인 신이 나올 때까지 계속 찍다 보면 모자랄 가능성도 있다. 내 나름대로 눈치껏 최적의 타이밍에 내놓을 수 있게 튀긴다. 안 그래도 힘들게 작업하는 배우들과 스태프들을 요리 때문에 기다리게 하고 싶지 않다. 좌우지간 타이밍이 중요하다. 당연하지만 스튜디오에서 요리책 요리를 촬영하는 게 아니니까 나 자신의 페이스에 맞출 수는 없다. "자, 다 됐으니까 찍어주세요"는 통하지 않는다. 현장이 최우선이다. 또 하나, 아무리 연기라지만 배우가 실제로 먹어야 하니까 기왕이면 맛있게 먹어주면 좋겠다. 너무 뜨겁지 않게 적당한 온도로 내놓는다. 면류는 조금 짧게 자르는 것도 중요하다.

지금껏 광고, 서적, 잡지, 영화 등 폭넓은 분야에서 요리 일을 해왔다. 어느 현장에서나 '즐겁게' 만들고자 애쓴다. 요리가 있는 곳은 그곳이 어디건 온화한 공간이면 좋겠다. 혼자 속으로 초조할 때도 있고 익숙하지 않은 현장이 고생스러울 때도 있지만, 늘 즐기는 기분으로 일하려 한다. 모두가 맛있다, 어쩐지 마음이 흐뭇해진다고 말해주는 요리를 내놓고 싶다.

잔멸치 덮밥을 먹었던 '시라카와'의 주인장은 무척 즐거운 얼굴로 요리했다. 이것저것 질문하면 환하게 웃으며 대답을 들려주었다. 서빙하는 여성도 여러 가지를 이해하고 공유하는 것이 느껴졌다. 맛도 좋았지만 기분이 한없이 편안해지는 공간이었다.

나는 식당에서 맛있게 먹었다 싶으면 그 자리에서 '아주 맛있네요'라고 한 마디 꼭 건네는 편이다. 가게에서 맛있는 요리를 내놓는 데는 수고로운 노력이 따르는 걸 알기에 늘 감사를 잊지 않으려 한다.

맛있는 한국 이야기

 몇 년 전 7월 한복판, 2박3일의 짧은 일정으로 서울을 방문했다. '서울 국제 푸드 필름 페스티벌'이라는 이벤트에 내가 푸드 코디네이터를 맡은 〈심야식당〉〈카모메 식당〉도 상영된 덕에 게스트로 초대받았다.

 첫날은 오프닝 행사에 출석. 이른바 '레드 카펫' 비슷한 곳을 걷고 한국 연예인, 영화감독과 함께 무대 인사도 하는 등 잠시 화려한 세계를 체험했다. 일본에서도 화제가 됐고 나도 보고 감동했던 영화 〈국제시장〉의 윤제균 감독도 있었다.

 둘째 날은 토크쇼. 손님이 들까 내심 걱정했지만 백여 명이나 와주셨다. 금요일 낮이었는데 '연차를 내서 왔다' '한참 멀리서 왔다'는 분도 있어서 놀랍고 기뻤다. 고맙게도 푸드 코디네이터로서 내가 하는 일을 잘 아는 분들이 많아 질문도 꽤 받았다. 특히 "어떻게 하면 치유하는 요리를 만들 수 있나요?" "요리로 치유한다는 게 뭘까요?"라는 질문에는 일순 당황했지만 "바쁘게 일하다 보면 식사를 대충 때우기 쉽지요. 그럴 때 먹음직스러운 요리가 나오는 영화를 보고 위안을 받거나, 저거 나도 먹어보고 싶다, 하고 밥을 제대로 먹는 계기가 된다면 그런 것도 하나의 치유일지 모르겠습니다"라고 대답했다.

또 "지금 한국은 음식을 테마로 한 텔레비전 방송이 붐이다. 어느 정도 〈심야식당〉 등 일본 프로그램의 영향도 있다고 보는데, 어떻게 생각하시는지?"라는 어려운 질문을 하는 기자도 있었다. 내 대답은 이러했다.

"분명 일본에서는 〈카모메 식당〉 언저리부터 요리를 다룬 영화가 늘어나서 그걸 붐으로 받아들이는 사람들도 있겠군요. 하지만 요리는 잠깐의 붐이 아니라 계속 이어져야 하는 것이니까, 아무튼 붐과 상관없이, 요리해야 하는 분들은 꾸준히 해주시면 좋겠습니다. 유행은 언젠가 사그라지기 마련인데 음식의 경우는 그건 바람직하지 않지 싶습니다. 그래서 사실 저는 붐이라는 말은 개인적으로 썩 좋아하지 않습니다."

평소 많은 사람 앞에서 이야기할 일이 별로 없어서 긴장했는데, 질문에 대답하다 보니 스스로의 마음을 자연스레 확인할 수 있었다.

순식간에 지나가버린 2박3일 동안 맛있는 것을 원 없이 먹었다.

우선 첫날 점심은 '한정식'. 이른바 한국의 가정식 반찬이 스무 종류쯤, 상이 비좁을 만큼 나온다. 돼지고기 비지 전골, 돼지고기 생강 볶음, 찌개, 단호박 무침, 게장, 도루묵, 김치, 풋고추 마늘 절임, 잡채, 삶은 달걀과 사과 마요네즈 무침…… 장르를 넘나드는 초호화 구성이다. 테이블 한쪽에 상추를 비롯한 잎채소가 그득 담긴 바구니도 자리 잡는다. 채소에 밥, 반찬, 쌈장을 얹어 싸먹는다.

밤에는 족발 전문점으로. 족발이라지만 일본에서 먹는 것처럼 발톱 언저리만 있는 게 아니라 '다리' 부분의 살점도 넉넉히 붙어 있다. 한눈에도 피부 건강을 책임져줄 것 같은 젤라틴질의 탱탱한 식감과 익숙한 간장 맛. 여기도 생채소가 듬뿍 따라 나와 부추 무침에 갖은 고명을 얹어 싸먹는다. 채소는 다 먹으면 또 가져다준다.

이틀째 저녁은 통역을 맡아준 친구가 추천하는 만두를 먹으러 갔다. '이건 꼭 먹어야 한다'는 말에 일부러 도중에 전철을 내려 인기 만두 전문점 '가메골손만두'에. 교자와 중화 만두의 중간쯤 되는 쫄깃한 만두피에 소가 꽉 찬, 크지도 작지도 않은 고기만두다. 맛도 맛이지만 네 개에 300엔이라니 가성비마저 훌륭하다. 과연, 하고 절로 고개가 끄덕여진다.

다시 전철을 타고 '닭한마리' 전문점 중에서도 원조라는

'진옥화할매 닭한마리'로 이동. 테이블에 말 그대로 닭 한 마리와 국물이 든 큼직한 냄비가 데우기만 하면 되는 상태로 세팅되어 있다. 자리에 앉으면 점원이 와서 닭을 먹기 좋게 잘라준다. 국물은 마늘도 약간 들어 있지만 기본적으로 소금 간이라 삼계탕 느낌이랄까. 추가로 깻잎, 대파, 떡, 대추, 인삼 등을 넣고, 다진 고추와 간장, 식초를 같은 비율로 배합한 양념장을 찍어 먹는다. 육질이 한없이 부드럽고 국물 맛은 시원하면서도 그윽하다. 마무리로 우동면을 넣어 최후의 한 숟가락까지 삭삭 먹었다. 우리는 끝까지 담백한 흰 국물을 유지했는데, 계산하러 갈 때 언뜻 보니 현지 사람들은 김치나 양념장을 직접 냄비에 넣어 다양한 맛으로 즐기고 있었다(덕분에 나도 한 번 더 먹고 싶어졌다 뭔가).

마지막 날 아침. 9시 반에는 호텔을 떠나야 해서 일찌감치 24시간 영업하는 아귀 전문점을 찾았다. 양념 간이 된 삶은 아귀(말린 멍게도 들어 있었다)와 데친 양배추에 풋고추를 곁들여(아작아작 베어 먹는 맛이 일품이다), 혹은 생채소에 싸먹는다. 이것도 콜라겐 듬뿍이다. 보기보다 덜 맵고 된장 맛이 참으로 오묘하다. 아낌없이 들어간 숙주가 아삭거려서 맛있다. 맛있기로 말하면 게 등딱지에 날달걀과 밥을 비벼 김을 얹어 먹으면 또 얼마나 별미인지. 마무리는 남은 국물에 밥을 넣어서. 배불러, 배불러 하면서 결국 깨끗이 비웠다.

이번에 새삼 깨달았는데 한국 요리점은 뭐든 '전문점'이라는 것이 특징 아닐까. 일본의 선술집처럼 생선회에서 튀김, 전골, 덮밥까지 좌우지간 '뭐든지 있답니다' 하는 가게가 상대적으로 적은 느낌이다. 족발이면 족발, 아귀면 아귀, 닭한마리면 닭한마리, 삼계탕이면 삼계탕…… 역시 한 길만 추구해서 그런지 맛이 다르다. 또 하나 재미있는 점이 이런 전문점들이 대개 '골목'을 이루며 끼리끼리 모여 있다는 사실. 덕분에 애초에 가려던 가게가 혹 만석이라도 낙담할 필요가 없다. 몇 걸음 떨어진 다른 가게로 이동하면 된다.

한국 식당에서는 어느 요리에나 반드시(라 해도 좋을 만큼) 대량의 상추, 깻잎, 삶은 배춧잎, 김치 등이 곁들여진다. 아무튼 뭐든 쌈 싸서 먹는 걸 즐긴다. 이른바 무한 리필이라 채소 섭취량이 상당하다. 그 결과 아 이제 그만, 더 들어갈 자리도 없어, 할 때까지 먹어도 실은 채소의 비중이 크다. 사인회에 와준 여성들이 누구랄 것 없이 피부가 맑고 늘씬늘씬했던 것도 어쩌면 발효 식품인 김치와 생채소를 풍부히 섭취하는 식생활과 관계가 있지 않을까…… 도중에 슈퍼마켓에 들러 구경했는데 과연 잎채소 매장이 충실했다. 한 장 한 장 쌓인 잎채소 위로 미스트 샤워를 뿌리는 시스템이라 얼마나 싱싱하던지. '무게로 재서' 파니까 원하는 종류를 원하는 만큼 집어 계산대로 가져가면 된다. 신선한 잎채소를 효율적으로 구입할 수 있는 이런 매장, 이상적이다.

일본도 낫토나 채소절임 같은 발효 식품은 있지만 생채소를 대량 섭취하기는 쉽지 않다. 불고기라면 그나마 상추에 싸먹기도 하는데 그게 아니고는 한국의 '쌈밥' 같은 발상은 별로 없다. 일본의 식탁에도 잎채소가 더 풍성하게 올라오고, 다양한 반찬을 다양한 채소로 싸먹으면 좋겠다고 생각했다.

일본에 돌아와, 내 안에 지펴진 한국 요리 열기가 식기 전에 땡볕을 뚫고 신오쿠보에 다녀왔다. 살짝 쇠퇴했다는 말도 한쪽에선 들리지만 한류 붐은 여전했다. 이른바 '훈남 스트리트'로 알려진 오쿠보 대로 양쪽에 한국 요리점이 줄을 잇는다. 다만 불고기도 삼계탕도 파전도 비빔밥도 잡채도 먹을 수 있는 일본 선술집 스타일이 많고, 본고장 한국 같은 전문점은 적은 느낌이었다. 눈에 들어온 것이 '프라이드치킨'이라는 글자. 최근 인기 절정인 한국식 치킨으로, 튀김옷이 매콤한 것은 '양념 치킨'이라 부른단다. 서울에도 치킨 가게가 매우 많았다. 통역해준 분이 "오늘은 뭐로 하실래요? 치킨 추천합니다"라고 했지만 모처럼 한국까지 왔는데 치킨이라…… 싫어서 사양했던 것이 떠올랐다. 언제라도 신오쿠보에서 맛볼 수 있으니 다음에 도전해봐야겠다.

제일 먼저 들른 곳이 오쿠보 대로의 슈퍼마켓 '서울 시장'. 관광객도 많이 찾는 이곳은 갖가지 김치와 발효 식품을 시식할 수 있고, 노점풍 호떡과 부침개도 팔아서 즐겁다. 눈 앞에서 부쳐주는 200엔짜리 미니 해물 부침개, 따끈할 때 먹는 맛이 각별했다.

여기서는 신기한 제품을 두어 가지 샀다. 우선 '선인장차'. 언뜻 꿀처럼 보이는 이 액상 차의 재료는 말 그대로 선인장 열매 거의 백 퍼센트란다. 유자차 먹듯이 뜨거운 물이나 찬물에 타서 마시라고 되어 있다. 은은한 단맛이 나고 뒷맛이 깨끗한데, 효능이 어마어마하다. 일단 목에 좋고, 감기 끝의 끈질긴 기침과 천식을 진정시키며, 비염, 위염, 간염 등 체내 염증을 억제하고, 변비를 개선해주며 이뇨 효과가 있어 붓기를 빼준다…… 병과 작은 팩에 든 것 두 종류 다 샀으니 부지런히 마시고 효과를 실감할 수 있기를. 또 다른 구입품은 '수제 막걸리 키트'다. 말랑한 폴리탱크 용기에 찹쌀, 멥쌀, 효모, 자색고구마가 들어 있다. 여기에 물을 넣고 잘 섞기만 하면 된다. 온도나 발효 날짜를 가감해 도수를 조절하는 모양이다. 용기가 투명해 발효 과정도 관찰할 수 있으니까 재미있는 과학 실험을 하는 기분으로 만들어볼 생각이다.

다음에 향한 곳은 쇼쿠안 대로에 있는 슈퍼마켓 '한국 광장'. 평소 촬영용 식재료를 조달하느라 애용하는 가게다. 풋고추를 비롯해 제철 아닌 과일이나 채소가 필요할 때 톡톡히 덕을 보고 있다. 한국에서 공수해오는 먹을거리도 많아서 도쿄에서는 귀한 제품도 손에 넣을 수 있다. 사실 나는 이 가게 수제 김치의 팬이다. 일본 슈퍼마켓에서 파는 김치는 너무 달거나 짜서 금방 물리는데, 여기 김치는 본고장 맛에 가깝다. 맛이 시원하고 담백해 얼마든지 먹혀서 냉장고에 늘 쟁여둔다. 산 지 오래된 것은 볶음이나 전골에 넣는다. 최애 김치는 물론이고 처음 보는 '초고추장'도 구입했다.

시식 코너에서 "오늘은 삼계탕 먹는 날이에요" 하고 피부 미인 한국 아가씨가 일러줬다. 레토르트 팩이 10퍼센트 할인이란다. 일본이 한여름 더위를 이기기 위해 장어를 먹는다면 한국은 이열치열로 삼계탕을 먹는다고 한다.

그런 연유로, 한류 붐이 일어나기 훨씬 전부터 오쿠보 대로의 터줏대감 격인 '어머니 식당'에 가서 삼계탕, 곰탕, 해물 부침개까지 야무지게 먹고 돌아왔다.

문어 오이 무침(초고추장을 써서)

재료 (2인분)

> 오이 2개
> 삶은 문어 130g

미역 40g

당면 35g

A 초고추장 1$^1/_2$큰술

  마요네즈 $^1/_2$큰술

엷은 간장 약간

만드는 법

1 오이는 납작하게 썰어 굵은 소금(분량 외)을 뿌려 가볍
   게 조물조물해둔다. 수분이 나오면 꼭 짠다. 문어와 미
   역은 먹기 좋게 자른다. 당면은 삶아서 찬물에 헹구어
   먹기 편한 길이로 자른다.

2 볼에 A를 넣고 섞은 다음 1을 추가해 무치고 엷은 간장
   으로 간을 맞춘다.

김치 달걀

재료 (2인분)

김치 150g

참기름 약간

토마토케첩 2작은술

물 200cc

굵은 소금 약간

달걀 2개

만드는 법

1 작은 냄비에 참기름을 둘러 김치를 볶는다. 냄새가 퍼
   지면 케첩을 넣고 더 볶는다.

2 물을 넣어 끓으면 굵은 소금으로 간을 맞추고 달걀을
   깨 넣는다. 달걀이 적당히 익으면 불을 끈다.

닭한마리풍 전골

재료 (4인분)

A   뼈 있는 닭고기 토막 친 것 600g

     물 1200cc

     마늘 1톨

굵은 소금 2작은술

감자 3-4개

실파 1/2대

팽이버섯 1주머니

숙주 1/2주머니

B   엷은 간장, 식초(같은 분량을 합쳐 고춧가루 혹은 두반장

을 원하는 만큼 추가)

만드는 법

1 냄비에 A를 넣어 중불에 올리고, 끓으면 약불로 낮춰
   20분 익혀 굵은 소금을 넣는다.

2 감자는 껍질을 벗겨 4등분해 삶아둔다.

3 실파는 먹기 좋게 썰고, 팽이버섯은 밑동을 자르고, 숙
   주는 잘 씻어 접시에 담는다. B를 합쳐둔다.

4 식탁에 불판을 준비해 1을 올리고 재료를 넣어가면서
   먹는다.
   그릇에 덜어 처음에는 그대로 먹다가 나중에 B를 합친
   것을 찍어가면서 먹는다.

※ 숙주를 좋아해서 넣어봤는데 부추를 넣는 가게도 많은 모양이다.

주먹밥

    이시카와 현 와지마 시의 '시로요네센마이다白米千枚田'를 아시는지. 이른바 계단식 논인데 사람 발바닥만 한 것부터 다다미 한 장 내지는 조금 더 큰 것까지, 말 그대로 천 필쯤 되는 온갖 모양의 논이 바다와 맞닿아 있어 절경이다. 예전에 방송 광고 일 때문에 방문해 거기서 농사지은 쌀로 주먹밥을 만든 적이 있다. 얼마나 맛있던지. 일단 밥 짓는 냄새부터 다르다. 갓 지은 밥은 광택이 나고 씹을수록 단맛이 난다…… 그 맛에 반해 매점에서 대량 구입해 돌아왔다. 다만 당시는 통신판매도 하지 않던 때라 현지에서만 구할 수 있었다. 사온 쌀을 다 먹고 나서는 두고두고 아쉬워했더랬다.

    몇 년 후 텔레비전을 보다가 우연히 센마이다 '오너제'가 있다는 것을 알았다. 곧바로 신청해 계단논 세 필의 오너가 되었다. 모종 시기는 이미 지났지만 그해 수확 그러니까 벼 베기는 내 손으로 할 수 있었다. 수확뿐이라 간단할 줄 알았는데 이게 의외로 중노동이다. 질퍽거리는 논에 쪼그려 앉아 낫으로 벼 뿌리부터 벤다. 두 손에 쥐어지지 않을 만큼 열심히 베도 거기서 얻는 쌀은 밥공기 하나 정도란다. 쌀 한 톨의 소중함을 몸으로 배웠다. 벼 말리기까지는 직접 하고, 탈곡과 정미는 맡기고 돌아왔다. 이 주일쯤 지나 대망의 햅쌀 10킬로그램이 도착했다. 평범하게 구입할 때와 비교하면 꽤 고가인 셈인데, 어떤 의미에서 센마이다를 남기기 위한 '기부'다. 기계가 들어갈 수 없어 모내기부터 수확까지 전부 사람 손으로 하니까 보통 고생이 아니다. 그래도 각별한 쌀맛과 아름다운 풍경을 보존하기 위해 유명인사를 포함, 많은 이들이 오너제에 동참하고 있다.

배우 안츄 씨의 결혼 파티 요리를 맡았을 때도 이 센마이다 쌀로 '소금 주먹밥'을 만들었다. 안 씨와는 아침 연속 드라마 〈잘 먹었습니다〉에서 푸드 스타일리스트를 맡았던 인연으로 결혼 파티 요리도 의뢰받았다. '소금 주먹밥'은 그의 특별 주문이었다. 촬영 때 남은 밥으로 빚어 대기실에 놔두기도 하고 드라마에도 거듭 등장했던 소금 주먹밥. '잊을 수 없는' 그 맛을 손님들에게도 꼭 보여주고 싶다는 뜻을 안 씨가 전해왔다. 물론 기뻤지만 한없이 심플한 메뉴여서 외려 부담도 컸다. 센마이다 쌀 덕분인지 다들 맛있게 먹어줬다고 한다.

독립하고 처음 참여했던 영화 〈카모메 식당〉은 주먹밥이

이야기의 중요한 요소다. 핀란드 촬영 스태프가 언제 주먹밥을 먹어봤겠냐며 이참에 '일본인의 소울 푸드'를 맛보이고 촬영에 들어가자는 프로듀서의 제안으로, 일본에서 가져간 고시히카리단맛이 강하고 촉촉한 일본 쌀 품종의 하나로 밥을 지어백 개쯤 만들었다. 핀란드 스태프들의 첫 주먹밥 체험은 호평 속에 무사히 끝났다. 예정에 없이 대량의 쌀을 소비하는 바람에 부랴부랴 일본에서 추가로 공수해와야 했지만……

영화 속 주먹밥은 무대가 북유럽의 심플한 식당인 만큼 '디자인'을 중시했다. 김과 흰밥의 비율을 상당히 고심했다. 까만 김 사이로 흰밥이 세 군데, 절묘하게 보이도록 만들었다.

그 밖에 주먹밥의 기억이 뚜렷한 작품이 영화 〈도쿄 타워〉다. 도쿄에 가는 아들에게 어머니가 싸주는 주먹밥은 꽤나 큼직하고, 김으로 앞면을 다 싸서 새까맣다. 알루미늄 호일에서 새어나오는 촉촉한 밥 냄새마저 '엄마표'라는 느낌을 살리고 싶었다. 원작에서 찡했던 대목이 도쿄의 입시에 합격한 아들에게 "맛있는 거 해줄게, 뭐가 좋아?"라고 묻자 "엄마가 만든 주먹밥"이라고 대답하는 장면이다. 어머니는 밥을 넉넉히 지어 닭고기 솥밥 주먹밥, 노리다마김과 달걀가루로 만든 후리가케 주먹밥, 유카리붉은 차조기 잎으로 만든 후리가케 주먹밥 등 가지각색의 '맛있는' 주먹밥을 만든다. 훈훈한 장면이지만 실제 촬영에선 만만한 일이 아니다. 닭고기 솥밥을 한 솥 따로 지어야 하고, 흰밥도 저마다 다른 맛으로 몇 종류나 만들어야 한다. 이렇게 수고로우니까 엄마 사랑일 테지만.

〈카모메 식당〉을 시작으로 주먹밥을 숱하게 만들었고 '맛있다'는 칭찬도 꽤 들었는데, 사실 '맛있는' 주먹밥의 역사는 한참 전으로 거슬러 올라간다. 아직 독립하기 전, 푸드 코디네이터 선생님 회사에서 근무할 때다. 회사에 드나들던 은행원에게 점심때 남은 밥으로 작은 주먹밥을 빚어 내놓았다. 그랬더니 그분 말씀이, 내가 만든 주먹밥과 그렇지 않은 걸 한 입만 먹어도 안다는 것이다. 반신반의하면서 이것저것 적당히 섞어 '블라인드 테스트'를 해봤다. 그분은 "이거네요!" 하고 정확히 알아맞히고 "그러게 정말 맛있다니까요, 밥맛이 달라요"라고 덧붙였다. 덕분에 혹시 나는 주먹밥에 소질이 있는 게 아닐까 조금 자신을 갖게 되었다. 독립하고 처음 참여한 영화가 〈카모메 식당〉이어서 주먹밥에는 각별한 인연을 느낀다.

옛 회사에서 근무하던 시절부터 한결같은 나의 주먹밥. 준비 과정부터 간단히 설명한다.

우선 쌀 씻기. 첫 번째는 기세 좋게 물을 받아 삭 씻어 곧바로 버린다. '곧바로'가 포인트다. 두 번째부터는 힘주어 박박 씻는 게 아니라 쌀겨의 흰 부분을 떨어뜨린다는 기분으로 가볍게. 옛날과 달리 요즘은 정미 기술이 좋아서 그걸로 충분하다. 그 과정을 두세 번 되풀이한다. 그런 다음 물에 20분쯤 담갔다가 체에 걸러, 랩을 씌워 수분이 쌀 전체에 적당히 배어들면 전기밥솥에 앉힌다(돌냄비나 솥, 냄비에 짓는 일도 있다).

전기밥솥에 지을 때는 다 돼서 뚜껑을 열 때 안쪽에 맺힌 물방울이 밥에 떨어지지 않게 주의한다. 갓 지은 밥은 수분이 좀 많으니까 살살 한 번 섞은 다음, 키친타월을 한 장 끼워 뚜껑을 덮는다. 나무 밥통에 넣으면 불필요한 수분을 흡수해주는 것과 같은 이치다. 사실 나무 밥통이 있으면 그리로 옮기는 게 제일 좋다. 5분에서 10분쯤 지나면 여분의 수분이 알맞게 빠지고 온도도 살짝 내려간다.

주먹밥 빚기는 생각보다 '살살' 해도 괜찮다. 첫 한 번은 '살살'보다 살짝 센 느낌으로 빚어 모양을 만들고, 그다음엔 정말로 살살. 빚는다기보다 형태를 다듬는 감각으로. 한쪽에 서너 번 정도씩.

모두가 맛있다고 말해주는 포인트는 이 '살살'이 아닌가 싶다. 빚어서 내놓으면 끝이 아니라, 만들고 나서 시간이 좀 지난 것을 나도 수시로 먹어본다. 그만한 소금에 그만한 세기로 빚으면 이런 맛이 되는구나, 하고 의식하면서 음미한다. 익숙하고 심플한 것일수록 때로 점검이 필요하다.

　주먹밥 속재료는 '단연 우메보시'라 말할 수 있는 사람을
왠지 동경한다. 우메보시는 상대적으로 흔한 느낌이어서인
지 아무래도 연어, 연어 알, 명란 같은 재료를 고르기 쉽다.
그래도 왕도는 어디까지나 우메보시면 좋겠다. 와카야마에
는 '주먹밥은 우메보시'라는 '우메보시 주먹밥 조례'가 있을
정도니 뭐.
　우메보시를 넣을 때는 내 나름대로 변화를 추구하는 편이
다. 간장에 무친 가쓰오부시나 잔멸치를 섞기도 한다. 연어
와 우메보시 조합도 맛있다. 최근의 연어는 대개 짠맛이 옅
고 지방이 풍부해서 그건 그것대로 맛있지만, 주먹밥 재료
로는 역시 진한 맛이 좋다. 우메보시를 섞었더니 마침 알맞
았다.
　참고로 우리 집 우메보시 담그기는 어머니 담당이다. 와
카야마의 오랜 지인이 해마다 철이 되면 대량의 매실을 보
내주고, 나는 그걸 또 어머니에게 보낸다. 매해 어김없이 염
분 13퍼센트로 절이는데, 올해 절인 것과 작년에 절인 것이
꽤나 맛이 다르다. 절인 지 얼마 안 된 것은 신선한 대신 짠
맛도 강하다. 시간이 경과하면 소금이 매실과 어우러져 감
칠맛이 난다. 이래저래 어머니의 솜씨도 해를 거듭할수록

진화하는 중이다.

참고로 시판 안초비도 소비 기한이 지났을 무렵이 짠맛이
순하다.

'식효食'에 관한 책

푸드 코디네이터는 단순히 맛있는 요리 레시피를 생각하는 일이 아니라 영화나 드라마, 광고 등 제각각 요구받는 상황에 맞춰 메뉴를 제안하고 만드는 일을 한다. 한번은 판타지 소설이 원작인 드라마 일을 맡았는데, 가공의 나라의 가공의 요리를 고안해야 했다. 그럴 때(꼭 판타지에 국한하는 일도 아니지만) 참고하는 것이 동서고금의 요리책이다. 이번에는 식효食에 관한 책을 몇 권 소개한다.

《일본의 향토요리》

전국의 향토요리를 현별로 소개한 쇼와 49년1974년에 출판된 책이다. 나는 도쿄 하치오지 출신이라 딱히 향토요리가 와닿지 않아서인지 지방색 짙은 요리에 관심이 많다. 본바닥 사람은 당연하게 먹어왔지만 내가 모르는 요리가 얼마든지 있으리라 생각하면 호기심이 동한다. 이를테면 아오모리 현의 '게이란'. 팥소가 든 찹쌀떡을 따끈한 장국에 넣어 먹는다. 고치 현의 '곤약 초밥'은 유부 초밥의 유부를 곤약으로 대체한 것이라면 알기 쉬울까. 시가 현의 '이토코니'는 고구마, 토란, 무와 팥을 같이 끓여 된장으로 간을 맞춘다. 그러고 보니 재료들이 어딘지 '사촌'처럼 느껴진다 일본어 '이토코'는 '사촌'이라는 뜻. 도쿠시마 현의 '가키마제'는 지라시즈시를, 나가노 현의 '힌노베'는 수제비를 말한다. 똑같은 요리를 고장마다 다른 이름으로 부르는 것이 재미있다. 그 밖에 '소고기 샤브샤브'가 실은 효고 현 향토요리였다는 좀 뜻밖의 발견도 있었다. 참고로 도쿄는 '니기리즈시'일반적인 형태의 생선 초밥 '튀김' '장어구이' '스키야키'…… 썩 향토 감각은 없지만 이른바 '에도마에'어디로 보나 에도(도쿄의 옛 이름)풍이라는 뜻. 좁게는 도쿄 만에서 잡은 어패류를 일컫는다라는 것일까. 각 현별로 내세우는 '캐치 프레이즈'도 재치 있다. 군마 현의 '남자가 만드는 조슈군마 현의 별칭의 미각', 이바라키 현의 '소박한 고향 맛', 아이치 현의 '수수함 속에 깃들인 맛', 나가노 현의 '달과 부처님과 오라가소바'고바야시 잇사의 하이쿠 '신슈에서는 달과 부처님과 오라가소바'에서 따온 표현, 효고 현의 '문명개화의 맛이 가득', 오카야마 현의 '그림 같은 섬들과 특산의 미각'…… 센스 있게 토지색을 드러내지 않았나요?

전국 각지의 음식과 더불어 일본의 풍토, 문화도 들여다볼 수 있는 책이다.

〈주부의 벗〉〈부인 클럽〉 부록 요리책

헌책방에서 눈에 띌 때마다 집어오는 쇼와 초기 요리책. 낡은 느낌이 거의 없는, 어떤 의미로는 지금보다 세련된 레시피에 그림도 귀엽다. 이를테면 쇼와 10년 6월에 발행된 〈부인 클럽〉의 부록 〈가정에서 할 수 있는 여름 서양요리〉에 소개된 라인업은 '머위 크림 조림' '구운 파 게살 무침' '고등어 크로켓' '무 고기말이' '우동 토마토 조림' '오이 카레 조림' 등등. 양식이 별로 없던 시대였기에 가능했던 발상의 참신함과 자유가 엿보인다. 레시피도 단순하지 않다. '양배추 샐러드'는 양배추 속을 파내 그릇으로 쓴다. 파낸 양배추는 얇게 썬 오이와 양파, 토마토, 완두콩 등과 함께 새콤달콤하게 무쳐 '양배추 그릇'에 담는다. 시각적으로 화려하고 손도 많이 간 요리다. 식재료 자체는 별반 다르지 않지만 조합 방식이 대담해서 참고가 많이 된다.

《세계의 식탁 아시아·아프리카·중남미 편》

오호, 아프리카 가정식이라, 하고 책장을 팔랑팔랑 넘기다가 '에티오피아풍 니쿠자가'와 '에티오피아풍 야채 볶음 아리차'에 눈이 머물렀다. 가정식은 머나먼 아프리카 땅이라 해도 결국 일본의 식탁과 통하는 점이 있나 보다. 니쿠자가는 감자와 고기를 버터로 볶아 로즈메리와 터머릭으로 간을 맞춘다. 버터로 볶다니, 신선하다. 색은 좀 노랗지만 부드러운 카레 풍미라서 크게 호불호가 없을 듯하다. 일본 니쿠자가는 간장으로 맛을 내니까 아무래도 밥이 당기는데, 이쪽은 주식도 될 것 같다. '아리차'는 당근, 양파, 강낭콩을 토마토 페이스트로 볶아 소금, 검은 후추, 흰 후추로 간을 맞춘다. 볶음에 토마토 페이스트를 넣다니 의외의 발상이다. 이쪽도 맛이 순해서 레퍼토리에 추가하고 싶은 요리다.

아프리카 요리, 상상만으로는 알 수 없었지만 의외로 평소 우리네 식탁과 가까운 것도 있었다. 프렌치나 이탈리안도 좋지만 더 넓은 세계 각국 요리를 아는 일도 중요하다고 생각한다.

《가네코 노부오의 즐거운 저녁밥》

어릴 때 곧잘 봤던 요리 프로그램인데, 최근 헌책방에서 레시피 책을 발견하고 세 권 집어왔다. 가네코 노부오 씨가 술을 마시며 살짝 알딸딸해져서 요리하는 모습이 재미있었던 기억이 있다. 요리도 독특한 아이디어를 얹은 것이 많았다. 실제로 책을 들여다보니 도전하고 싶은 레시피가 눈에 많이 띄었다. '삶은 돼지고기 우스터소스 마리네' '말린 전갱이 양배추롤' 등 어느 집 식탁에나 올라올 법한 반찬을 간단하고 맛깔스럽게 만들었다. 다채로운 힌트를 얻었다. 가네코 씨, 요리 전문가인 줄 알았는데 배우였다니…… 몰랐습니다. 정식으로 요리를 배운 프로 요리인이 아니라 그저 요리가 좋고 술이 좋은 아저씨. 프로라면 용납되지 않을 일도 그런 캐릭터의 아저씨가 마냥 신나게 만드는 것이 어린 내 마음에도 스며들었던가 보다. 책도 방송처럼 얘기하듯 쓰여 있어서 신선하다. 활자로도 이렇게 레시피를 소개할 수 있다는 걸 한 수 배웠다.

《매화꽃, 매실 요리》

거듭 말하지만 우메보시와 매실 식초를 몹시 좋아해서 매실 관련 레시피를 늘 연구한다. 당연히 제목을 보자마자 바로 펼쳤다. 튀김을 매실에 곁들여 먹거나, 도로로참마 간 것 국을 간장이 아니라 씨를 빼고 다진 우메보시로 간을 맞추는 등 우메보시를 조미료로 사용하는 대목에 깊이 공감한다. 우메보시는 밑반찬으로만 먹으면 좀처럼 줄지 않지만 조미료로 쓰면 폭이 확 넓어진다. 맛국물에 다진 우메보시와 간장을 몇 방울 떨어뜨리면 훌륭한 맑은 장국이 된다. 무염 토마토 주스에 다진 우메보시를 넣어 삼삼한 맛국물로 희석한 가스파초풍의 차가운 수프도 별미다. 염분을 매실로 대체한 매실 니쿠자가, 매실 전갱이 감자조림 등도 익숙하지만 새로운 느낌이랄까.

최근 젊은 사람들은 우메보시를 별로 먹지 않는다는 말을 들었는데, 아무튼 매실과 매실 식초가 더 널리널리 퍼지기 바라는 나로서는 언젠가 '매실 레시피 책'도 만들어보고 싶다.

《식食의 하이쿠俳句 세시기》《일본 음식 속담 사전》

요리책만 볼 게 아니라 가끔 이런 책도 들쳐보면 재미있고 공부도 된다. 나는 한 달에 한 번 하이쿠 모임에 참가하는데, 식에 관한 계어季語 하이쿠에서 춘하추동 계절감을 드러내기 위해 꼭 넣어야 하는 말가 이렇게 많았나 싶어 곧잘 놀란다. '무'는 겨울 계어라 겨울 대표 식재료로 취급했는데 '봄 무' '여름 무'라는 말도 있다는 걸 알게 되었다. 앞으로는 봄여름에 먹기 좋은 무 레시피도 적극적으로 고안해봐야겠다. '해'가 붙는 식재료가 많은 것도 일종의 발견이었다. '햅쌀' '햇메밀' '햇김'만이 아니라 '해팥' '해콩' '해깨'…… 당연하지만 모든 채소와 곡물에는 '햇것'이 있군요.

《속담 사전》에서 재미있었던 것이 '문어'와 관련된 속담이다. '문어 서덜국'은 있을 리 없는 것을 비유할 때 쓴다. 그도 그럴 것이 문어에는 '서덜'이 없으니까. '주전자로 문어 삶기'는 당해낼 수단이 없다는 뜻. 고양이 손이라도 빌리고 싶다는 말은 들어봤어도 '문어 발이라도 빌리고 싶다'는 말은 처음 들어봤다. 발이 무려 여덟 개니까 그만큼 더 바쁠 때 쓰려나. 그나저나 '문어 서덜국'이라…… 다음에 한번 써봐야겠다.

소개한 책 가운데《세계의 식탁》《매화꽃, 매실 요리》《식食의 하이쿠俳句 세시기》《일본 음식 속담 사전》은 도쿄 다카나와에 있는 '아지노모토 식문화 센터' 내 도서관에서 빌렸다. 식품 회사에서 운영하는 도서관답게 동서고금의 요리책부터 두툼한 식재료별 사전, 수필, 요리 잡지, 잡학 상식책 등 전국의 음식 관련 책은 다 집결했지 싶다. 일하다 힌트가 필요하면 곧잘 이곳을 찾는데, 매번 시간 가는 줄 모른다. 이 근처로 이사 오고 싶을 정도랍니다.

에티오피아풍 니쿠자가

재료 (4인분)

얇게 썬 소고기 200g

감자 5개

양파 1개

터머릭 1작은술

로즈메리(건조) 1작은술

버터 2-3큰술

굵은 소금 1$^1/_2$작은술

흰 후추 적당량

물 적당량

만드는 법

1   양파는 반달 모양으로 썰고, 감자는 껍질을 벗겨 먹기
     좋은 크기로 썬다. 고기도 한 입 크기로 썬다.

2   약불에 올린 냄비에 버터를 녹여 양파가 갈색이 될 때
     까지 볶는다.

3   2에 터머릭과 고기를 넣고 볶는다. 고기가 적당히 익으
     면 감자를 넣어 더 볶는다.

4   3의 재료가 잠길락 말락 하게 물을 붓고 굵은 소금과
     로즈메리를 넣는다. 뚜껑을 덮어 재료가 부드러워질 때
     까지 조린다.

5   뚜껑을 열어 수분을 증발시키고 흰 후추로 간을 맞춘다.

에티오피아풍 야채 볶음 아리차

[재료] (4인분)

양파 1개

당근 2개

강낭콩 15개

토마토 페이스트 3큰술

식용유 2큰술

굵은 소금 1-2$\frac{1}{2}$작은술

흰 후추 적당량

검은 후추 적당량

만드는 법

1 양파는 반달 모양, 당근은 직사각형 모양으로 썰고 강
   낭콩은 절반으로 자른다.

2 식용유를 두른 프라이팬에 양파를 천천히 볶다가 토마
   토 페이스트, 굵은 소금 1작은술을 넣는다.

3 2에 당근, 강낭콩을 넣어 볶다가 흰 후추와 검은 후추
   로 간을 맞춘다. 싱거우면 굵은 소금을 더 넣는다.

돼지고기 매실 생강구이

[재료] (2인분)

돼지고기 어깨 로스(생강구이용) 300g

햇양파 1개

A 씨를 빼고 다진 우메보시 1큰술(약 30g)

※이번에는 염분 10% 제품을 사용했다.

술 2큰술

엷은 간장 1큰술

미림 1큰술

생강즙 1작은술

식용유 1/2큰술

만드는 법

1 A를 합쳐둔다. 햇양파는 반달 모양으로 썬다.

2 달군 프라이팬에 식용유를 두르고 절반 길이로 썬 돼지 고기와 햇양파를 볶는다.

3 2에 합쳐둔 A를 넣어 같이 볶는다. 데친 유채를 곁들여 먹어도 좋다.

매실 식초

 나의 최애 조미료 가운데 하나인 '매실 식초.' 첫 만남은 와카야마의 토마토 농가다. 그 댁 아주머니가 매실 식초를 사용해 만들어주신 요리를 맛보고 반해서, 돌아오는 길에 당장 미치노에키 직판장에서 샀다. 그 이래 제조원에 직접 주문해 사용해왔다.

 그러다가 마침내 '이이지마 나미 프로듀스' 매실 식초를 만들 기회를 얻었다. 계기는 〈호보닛칸이토이신문〉일본 웹 사이트의 하나. 줄여서 '호보니치'라고 많이 쓴다 스태프가 해준 제안이었다. 그분은 마침 나의 대표 요리 '매실 식초 닭튀김'의 팬이라며, 매실 식초를 제작해 '호보니치'에서 팔고 싶다는 것이다. 하기는 매실 식초 닭튀김은 은근히 팬이 많은 레퍼토리여서 더 '전파'되면 좋겠다는 생각은 있었다. 문제는 매실 식초가 막상 사려고 들면 좀처럼 입수하기 힘들다는 사실. 손에 넣었다 해도 자, 이걸 요리에 어떻게 쓰는데? 하면 글쎄요, 하는 사람이 대다수 아닐까. 아쉽다, 매실 식초, 이거 정말 추천할 만한데…… 더 많이들 알아주고 활용해주면 좋을 텐데…… 기왕 제작할 거면 오리지널 매실 식초 요리책도 만들면 어떨까…… 그리하여 상품 제작이 어디 그리 만만한 일일까 주저하면서도 결국 도전하기로 했다.

상품 제작. 처음 해보는 일투성이였지만 우선 매실 식초를 만들어줄 제조원 물색부터. 우메보시를 소금에 절일 때 나오는 수분이 매실 식초다. 물은 한 방울도 안 들어가고 순전히 소금과 매실에서 나온 수분이다. 우메보시를 담그면 반드시 나오니까 와카야마의 우메보시 제조원이나 농가에선 흔하다. 와카야마의 오랜 지인에게 상담했더니 '아즈마 농원'을 소개해주었다. 아즈마 농원도 자체 상품을 판매하는지라 처음에는 사장님과 상품 개발 담당자가 '굳이 왜?' 하고 신기하게 보는 눈치였다. 사정을 듣고는 기꺼이 맡아주셨다. 이런 기회를 통해 매실 식초가 더 알려졌으면 하는 기대도 품어주신 듯하다.

다음은 용기 선정이다. 간단히 페트병을 쓰고 싶어 일단 갓파바시 패키지 가게로 향했다. 괜찮아 보이는 것을 몇 종류 선택하니 무료 샘플을 제공해주었다. 그것들을 아즈마 농원에 보내 내구성 등 필요한 사항을 조사하고 체크했다. 중간 뚜껑이 없는 기성품은 밀폐성이 약해 어렵겠다는 결론이 나왔다. 그렇다면 유리병이다. 이럴 땐 인터넷이 빠르다. '병 판매'라고 검색하자 유리병 판매 사이트가 주르르 떴다. 디자인, 가격, 조건 등을 비교해보고 둥글 도톰한 병으로 정했다. 발주는 아즈마 농원 측에서 직접 맡아주었다. 이야기가 잠깐 샛길로 빠지는데, 아즈마 농원은 백 병 이상 대량 주문일 경우 1층이 아니면 배달이 불가능하다고 했다. 나는 천 병 단위 주문이었는데 "지게차는 있습니까?"라는 예상 밖의 질문을 받았다. 다행히 호보니치 창고에 지게차가 있어서 문제없었지만.

내용물과 용기를 결정하면 남은 것은 패키지 디자인이다. 이것은 디자이너 친구에게 부탁했다. 상품명은 '기슈와카야마 일대의 옛 지명의 매실 식초.' 전통 종이 비슷한 종이에 따스함이 감도는 귀엽고 심플한 디자인. 매실 식초는 몸에도 좋고 요리도 쑥 맛있어져서 한번 써보면 또 찾게 되니까 선물로도 적합하다. 늘 쓰는 조미료보다는 살짝 특별한 느낌을 내고 싶었는데 기대에 맞게 잘 나왔다.

상품 제작과 병행해 레시피도 고안했다. 처음에는 간단한 소책자로 만들 생각이었는데 꼬리에 꼬리를 물고 레시피가 떠올라 결국 번듯한 요리책이 되었다. 딱히 특별한 건 없고 대부분 평소에 만드는 감자 샐러드, 달걀말이, 탕수육, 솥밥, 생강구이 같은 메뉴다. 물론 닭튀김 레시피도 빼놓을 수 없다. 제일 간단한 것이 '닭 가슴살 매실 식초 구이.' 사무실에서 점심 메뉴를 고민할 때도 이걸로 낙착될 때가 많다. 닭가슴살은 소금 간만으로는 2퍼센트 부족한 느낌이지만 매실 식초가 들어가면 맛이 깊어지고 식감도 촉촉해진다. 매실 식초의 칼륨, 구연산이 고기의 수분을 가두기 때문이란다. 너무 굽지 말고 여열로 마무리하는 것이 요령이다.

케첩, 간장, 마요네즈 등 다른 조미료와 합쳐 써도 훌륭한 맛을 낸다. 매실 식초, 술, 미림, 가쓰오부시나 다시마를 섞으면 '만능 매실 식초 양념장'이 된다. 그 밖에 매실 식초로 만드는 음료수도 소개했다.

책 제목은 《기슈의 매실 식초 '재난을 물리치는' 레시피》라 붙였다. 예부터 '매실은 그날의 재난 모면'이라고 했다 옛날 나그네들이 낯선 고장의 풍토병이나 열병을 피하려고 우메보시를 약처럼 지니고 다녔던 데서 유래한다. 아침에 우메보시를 먹어두면 하루를 기운차게 보낼 수 있다는 뜻. 해독, 식욕부진 개선과 피로 회복, 거기다 살균작용까지, 매실은 효능이 다양하다. 피로하거나 입맛이 없을 때 매실 식초를 써서 뚝딱 만들 수 있는, 말 그대로 '재난을 물리치는 레시피'를 모아봤다.

상품 제작은 모르는 일투성이라 좌충우돌했지만 그만큼 무아지경으로 몰두할 수 있었다. 이것도 다 매실 식초를 만난 덕이랄까. 언젠가 여러분 부엌에서도 대표 조미료가 되는 날이 오기를 빌어봅니다.

닭 가슴살 매실 식초구이

재료 (2-3인분)

닭 가슴살 6덩어리

A 매실 식초 4큰술

물 2큰술

식용유 조금

만드는 법

1 닭 가슴살은 조리하기 10분 전에 냉장고에서 꺼내둔다. 비닐 주머니에 A와 함께 넣고 공기를 빼 주둥이를 묶어 5분 둔다.

2 약한 중불에 올린 프라이팬에 식용유를 둘러 수분을 제거한 닭 가슴살을 2분 30초쯤 굽는다. 노릇해지면 뒤집어서 1분-1분 30초 더 구워 접시에 꺼낸다.

토마토와 모차렐라

재료 (2-3인분)

토마토 1개

모차렐라 1개

차조기 잎 3-4장

매실 식초 $1^1/_2$작은술

올리브오일 1-2큰술

후추 취향에 따라

만드는 법

1   토마토와 모차렐라를 먹기 좋은 크기로 썬다.

2   그릇에 토마토, 모차렐라, 차조기 잎을 찢어 담는다.

3   전체에 매실 식초와 올리브오일을 두른다. 취향에 따라
     후추를 친다.

돼지고기 매실 식초 생강구이

[재료] (2-3인분)

얇게 썬 돼지고기 300g

햇양파(혹은 양파) $1/_2$개

A   술 2큰술

     매실 식초 1큰술

     미림 1큰술

     엷은 간장 1큰술

     생강즙 $1/_2$큰술

설탕(취향에 따라) 조금

식용유 적당량

채 썬 양배추 적당량

만드는 법

1   중불에 올린 프라이팬에 식용유를 둘러 햇양파를 볶는
    다. 양파가 익기 시작하면 돼지고기를 펼쳐 굽는다.

2   A로 만든 양념장을 프라이팬에 넣어 섞는다. 취향에 맞
    게 조려 접시에 담고 채 썬 양배추 등을 곁들인다.

슈퍼마켓

　슈퍼마켓을 좋아한다. 지방에 가면 슈퍼를 꼭 돌아본다. 그 고장 특유의 먹을거리를 구경하다 보면 시간 가는 줄 모른다. 유원지라도 온 기분이랄까. 물론 구경만 하면 손이 허전하니까 건어물, 맛국물, 소금 등 소소하게 이것저것 사들인다. 내 것과 선물용으로 대개 두 개 이상씩.

　도쿄에서 예전부터 주목하는 슈퍼마켓이 하무라 시에 있는 '후쿠시마야FUKUSHIMAYA'다. 본가가 그 근처라, 그쪽으로 갈 일이 있으면 참새방앗간 드나들듯 한다.

　'후쿠시마야'의 매력 몇 가지를 꼽아보자. 우선 수제 반찬과 도시락과 빵이다. 가게 안에 마련된 조리장에서, 실제로 매장에서 파는 식재료를 써서 만드는 듯하다. 고기, 채소, 쌀을 비롯해 기름, 소금, 간장까지. 말하자면 자연스러운 '시식'인 셈이다. 도시락이나 주먹밥을 사 먹고 '밥이 맛있네, 어디 쌀이지?'라고 생각했다면 매장에서 똑같은 쌀을 살 수 있다.

반찬과 도시락은 품목이 꽤 풍부하다. 이번에 갔을 때 팔던 상품 일부를 소개하면…….

- 샐러드 : 그린 샐러드, 토마토 샐러트(바질리코 풍미), 당근 샐러드(당근 라페), 콜슬로, 감자 샐러드
- 반찬 : 무말랭이조림, 강낭콩조림, 단호박 깨무침, 매콤짭짤 곤약조림, 비지 무침, 다시마조림, 가지 아게비타시 재료를 튀겨 뜨거울 때 조미된 양념에 담근 요리, 교자, 사쓰마 허브 닭튀김, 오키나와 돼지 로스가스, 새우튀김, 춘권, 감자 크로켓, 튀김 각종.
- 도시락 : 고대 흑미 도시락(구운 고등어), 아리아케 김 도시락(사쓰마 허브 닭 무릎연골구이), 벚꽃새우 솥밥 도시락, 간 부추 볶음 도시락, 미니 튀김 덮밥.

(이 밖에 주먹밥과 각종 샌드위치.)

샐러드는 잎채소뿐인 그린 샐러드에 자신이 좋아하는 재료를 얹으면 오리지널 요리로 뚝딱 변신한다. 반찬은 튀김을 비롯해 집밥에 흔한 이른바 갈색 계열 반찬이 충실하다. 사이즈도 대소로 나뉘어 편리하다. 도시락도 실제로 매장에서 판매하는 반찬으로 오밀조밀 채워진다.

벚꽃새우 솥밥 도시락, 단호박 깨무침, 다시마조림, 감자 샐러드(부동의 인기 넘버원이란다) 등을 사서 먹어봤다. 집밥처럼 안정적인 맛이다.

베이커리도 만족도가 높다. 가게 안에 설치된 돌가마에서 빵을 직접 굽는다. 구운 도넛, 초코 브레드 등 인기 있는 빵을 제치고 내가 주로 사는 것은 '시골 빵'이다. 모양을 예쁘게 다듬지 않고, 빚어서 발효시켜 자연스런 형태 그대로 구운 '우직한' 빵이다. 소박한 외모가 매력 포인트다. 양상추, 햄, 치즈만 끼워도 뭔가 감성 있어 보여 실제 광고 촬영할 때 곧잘 사용한다.

'후쿠시마야'의 또 다른 장점이 홋카이도에서 오키나와까지, 전국 각지에서 엄선해온 풍부한 제품들이다. 처음에도 썼지만 나는 지방에 갈 때마다 그 고장 특유의 '좋은' 제품을 구입한다. 마음에 들면 제조원에 더 주문하기도 하는데, 여기서는 그렇게 해서 손에 넣던 제품들을 직접 만날 수 있다. 지난번 고치에서 구해왔던 맛있는 소금 '엔지로'를 발견하고 얼마나 반갑던지. '방방곡곡 이야기'라는 코너에는 회장을 필두로 바이어가 전국에서 고르고 골라 온 식재료가 즐비하다. 발품을 팔아 현지를 찾아가 '이건 정말 좋군' 하고 느낀 것들을 들여왔음을 실감케 하는 라인업. 천천히 구경만 해도 즐겁다. 된장, 소금, 간장, 낫토, 두부 등 전국의 미치노에키 직판장에서 파는 제품이 한자리에 집결한 느낌이랄까. 이를테면 낫토는 여느 대형 슈퍼마켓에서 흔히 보는 가성비 좋은 유명 상품은 없다. 얇게 저민 나무에 싼 '시모

니타', 다시마와 누룩이 들어가 감칠맛이 일품인 '소금 낫토' 등 좀 비싸지만 매의 눈으로 추렸을 성싶은 제품들이 대다수다.

'후쿠시마야'에서만 살 수 있는 제품이 하나 더 있으니, 바로 후쿠시마 현에서 만드는 '기아게 간장'이다. 첨가물과 보존료는 일절 쓰지 않고 간장 양조에 필요한 최후 공정인 가열 살균도 하지 않은, 그야말로 날것 상태의 간장이다. 당연히 일반적인 유통 루트를 통해 슈퍼마켓 등에서 판매하기는 어려웠는데, 이 간장에 반한 '후쿠시마야' 회장이 양조 공장 공장장과 담판해 유통 과정을 견딜 수 있는 제품을 개발했다는 후문이다. 당초는 예약 판매였지만 지금은 매장에서 언제라도 살 수 있다. '이거다' 생각한 제품을 기필코 매장에 들여오는 정열이 느껴진다. 덕분에 이번에 나도 용케 손에 넣었다. 매장에서 파는 반찬도 물론 '기아게' 간장으로 간을 맞춘단다. 먹어보고 맛있으면 바로 구입할 수 있으니 매우 바람직한 순환이다. 다른 데서는 쉽게 못 사는 제품이라는 '설렘'이 손님들을 끌어당기는 것이리라.

나도 오리지널 '매실 식초'를 만들어 작은 판로를 통해 판매를 시작했다. 이런 일은 누구 한 사람의 정열로 되지 않는다. '좋은 물건'을 만들고 싶다, 전해주고 싶다는 뜻을 같이하는 사람들과 팀워크가 필요하다. '후쿠시마야'의 판매대에서는 그런 팀워크가 전해진다.

매장 곳곳에서 점원과 손님이 반갑게 인사를 나누는 광경을 볼 때마다 이곳에 흐르는 좋은 순환, 좋은 교류를 새삼 느낀다. 충실한 상품 구성 뒤에는 그런 배경도 있지 않을까.

내가 슈퍼마켓에서 판매할 도시락을 만든다면 넣고 싶은 반찬 레시피를 소개한다.

뿌리채소 깨무침

재료 (만들기 쉬운 분량)

연근 1덩이(250g)

우엉 1/2개

송이과 버섯(느티만가닥버섯) 1팩

잔멸치 15g

맛국물 350cc

굵은 소금 1작은술

빻은 흰깨 2-3큰술

만드는 법

1   연근은 껍질을 벗겨 한 입 크기로 썬다. 우엉은 5mm 두

께로 어슷썰기 한다. 느티만가닥버섯은 밑동을 잘라 떼어놓는다.

2 냄비에 맛국물과 굵은 소금, 연근, 우엉을 넣고 불에 올린다. 익으면 버섯을 넣어 4-5분 끓인 다음 불을 끄고 식힌다.

3 2의 국물을 뺀 것을 볼에 넣고 빻은 흰깨, 잔멸치를 추가해 무친다. 싱거우면 간장(분량 외)을 더한다. 생강즙 등을 추가해도 좋다.

단호박 감자 샐러드

재료 (만들기 쉬운 분량)

감자 2개(360g)

단호박 200g

당근 150g

햄 4장

굵은 소금 1/3작은술

후추 조금

마요네즈 4-5큰술

올리브오일 1/2큰술

만드는 법

1 감자와 당근은 껍질을 벗겨 1.5cm 정도로 깍둑썰기하고, 단호박도 마찬가지로 썬다. 햄은 1cm로 썬다.

2 냄비에 감자와 당근을 넣고 재료가 잠길 정도로 물을 붓는다. 끓으면 불을 줄여 익힌다.

3 3분 지나면 단호박을 넣어 부드러워질 때까지 익혀 체에 거른다.

4 감자 절반을 볼에 넣고 으깨어 굵은 소금, 후추, 마요네즈, 올리브오일을 섞는다. 남은 채소(감자, 당근, 단호박)와 햄을 전부 넣고 무친다.

에필로그

〈맛있는 이야기〉 연재를 시작한 것은 2008년입니다.

푸드 스타일리스트는 어디까지나 뒤에서 하는 일이라 개인적인 얘기나 일에 대한 생각을 문장으로 옮기려니 어렵고 겸연쩍었습니다. 오죽하면 연재를 시작한 후로도 "읽는 사람이 있을까요? 언제까지 계속해요?"라고 매번 물어 담당인 기쿠치 씨를 성가시게 하곤 했습니다.

연재 때와 비교하면 푸드 스타일리스트로서 경험치도 늘었고 촬영 현장의 수라장도 많이 겪었습니다. 덕분에 그 무렵보다는 여러 면에서 전체를 내려다볼 줄 아는 눈이 조금쯤 생겼습니다.

이번에 서적화하면서 새삼 글을 읽어보며 십 년 전 자신의 모습에 웃기도 하고, 입바른 소리도 하고, 반성도 하고, '열심히 했네' 싶어 약간 뿌듯하기도 했습니다. 새로 읽어보는 일은 의외로 즐거운 작업이었습니다.

며칠 전 책에 사인을 부탁하신 분이 "바나나 튀김, 닭 감자조림, 돈지루는 정말 몇 번이나 만들었답니다!"라고 하셔서, 이분이 나보다 훨씬 잘 만드시겠다고 내심 생각했습니다(바나나 튀김은 은근히 어려워서 사실 촬영 때밖에는 만들지 않았으니까요).

이 책은 사람들이 흔히 기대하는 '기본적인 요리책'과는 사뭇 다른 라인업입니다. 이중에 어떤 요리가 여러분 마음에 들지 기대됩니다.

요리법도 그렇고 생각도 그렇고, 그새 변한 것도 있어 살짝 다듬은 대목도 더러 있습니다. 진화한 레시피니까 시도해보시면 기쁘겠습니다.

이이지마 나미

ご飯の島の美味しい話

일러두기

- 모든 주는 옮긴이주입니다.
- 외래어표기는 국립국어원 표기 원칙을 따르되 굳어진 표현이나 의미의 선명함
  을 위해 예외로 둔 곳이 있습니다.

Original Japanese title: **GOHAN NO SHIMA NO OISHII HANASHI**
© 2019 Nami Iijima

photo©Yoichi Nagano

Original Japanese edition published by Gentosha Inc.
Korean translation copyright © 2024 Viche, an imprint of Gimm-Young Publishers, Inc.
Korean translation rights arranged with Gentosha Inc. through The English Agency(Japan)
Ltd. and Danny Hong Agency.

옮긴이 **홍은주**

이화여자대학교 불어교육학과와 동 대학원 불어불문학과를 졸업했다. 일본에 거주하며 프랑스어와 일본어 번역가로 활동하고 있다. 무라카미 하루키의 《도시와 그 불확실한 벽》《개구리 군 도쿄를 구하다》《타일랜드》《양 사나이의 크리스마스》, 미야모토 테루의 《등대》, 미야베 미유키의 《안녕의 의식》, 마스다 미리의 《여탕에서 생긴 일》, 델핀 드 비강의 《실화를 바탕으로》 등을 우리말로 옮겼다.

맛있는 이야기

1판 1쇄 인쇄 2024년 2월 20일 **1판 1쇄 발행** 2024년 3월 6일
지은이 이이지마 나미 **옮긴이** 홍은주
펴낸이 박강휘
편집 장선정 **디자인** 정윤수
마케팅 이헌영 **홍보** 박상연

발행처 김영사
주소 경기도 파주시 문발로 197(문발동) 우편번호 10881
등록 1979년 5월 17일 (제406-2003-036호)
주문 및 문의 전화 031)955-3200 **팩스** 031)955-3111
블로그 blog.naver.com/viche_books
트위터 @vichebook **인스타그램** @drviche, @viche_editors
ISBN 978-89-349-1618-5 03830
책값은 뒤표지에 있습니다.

비채는 김영사의 문학 브랜드입니다.